# Mi-figue Mi-raison

## Tome 2 :
## Quand le coeur
## sème le doute

Fanny DL

# MI-FIGUE MI-RAISON

Tome 2 :

# QUAND LE CŒUR SÈME LE DOUTE

Fanny DL

So ROMANCE

www.soromance.com

# Prologue

Allongée au sol, le regard dans le vide, je ne jette pas un regard vers mon réveil. Je sais qu'il est bientôt l'heure. Le ciel est gris et maussade, tout comme mon humeur. La fatigue extrême qui m'habite est à son apogée. Je ferme les paupières puis les rouvre aussitôt. Il ne faut pas surtout pas que je me rendorme car c'est bientôt le moment. Celui de faire mes adieux à l'une des personnes qui compte le plus pour moi sur cette terre.

Je savais bien sûr, que ça devait arriver. Je savais que ça allait être dur mais je crois que j'avais sous-estimé à quel point. Trop d'événements se sont produits sans que j'aie le temps de m'en remettre. C'est trop tôt pour moi, beaucoup trop tôt. Et cette étape n'est que le commencement de celles qui vont suivre. Une après l'autre, elles vont me consumer jusqu'à ce que mon âme s'éteigne.

Au lieu de continuer à me torturer l'esprit, je décide enfin de me lever et je me prépare en sentant mon cœur se serrer dès que je repense à ce qu'il va se passer aujourd'hui. Néanmoins, je fais mon maximum pour contenir mes émotions.

Une fois sur place, je n'y arrive plus. Toutes les larmes que je contenais jusqu'à présent éclatent sans que je ne puisse contrôler quoi que ce soit.

# Chapitre 1

Voilà maintenant plusieurs minutes que je le scrute en tentant désespérément de capter ses pensées.

Assise au bord de la chaise, face à lui, je sens une énorme tension peser sur mes épaules tandis que mes pieds sont comme cloués au sol.

*Allez dis quelque chose!*

Soudain, il dévie son regard vers mes jambes. Je baisse également les yeux et me rends compte qu'elles bougent frénétiquement au rythme de mon angoisse. Je me force à m'arrêter tandis qu'il reporte son attention sur l'écran. Arborant une expression neutre, ni agacé ni déçu, il ne me laisse pas percevoir un centième de ce qu'il peut en penser.

Ça me rend complètement folle!

Même si je tente de me canaliser en respirant calmement, ça ne suffit pas. À cet instant, seule une cigarette pourrait me calmer.

*Bon sang et si ça ne lui plaît pas?*

Dans ce cas, j'aurais l'impression d'avoir vraiment tout perdu. Je n'aurais jamais la force de continuer car j'ai vraiment tout donné.

— Bien, Emilie…

Vivement, il referme son ordinateur tandis que je le dévisage avec insistance. Il remarque sans doute mon stress car il m'adresse un sourire moqueur.

— Tout simplement bravo! déclare-t-il.

Le soulagement est salutaire. Je m'adosse à ma chaise, apaisée.

— Sérieusement ? ne puis-je m'empêcher de demander.

— Oui, sérieusement. C'est un travail remarquable. Vous avez droit à votre place sur le mur des monuments !

Trop excitée à présent, je ne peux m'empêcher de gigoter sur place tout en lui rendant son sourire. J'aimerais lui sauter au cou mais évidemment ce serait trop déplacé. Je le connais à peine et puis... c'est mon manager tout de même !

— Merci, Léon.

— Vous ne devez tout ça qu'à vous-même.

*Aïe, pas vraiment...*

Je fais abstraction de cette idée soudaine qui tente de pénétrer mon cerveau afin de revenir sur ce que mon chef vient de me dire. Il aime mes photos et j'ai ma place sur ce mur ! C'est tout simplement inespéré et magique.

En me levant, je me retourne afin de faire face à Anna, assise derrière son bureau. Visiblement, elle a entendu notre conversation, vu la manière dont elle me sourit. En plein échange avec l'un de nos clients, elle cache le micro du combiné avec sa main pour me chuchoter *bravo*.

Cette femme est vraiment très agréable. Il faut absolument que je l'invite à déjeuner un de ces quatre. Je ne l'ai jamais remerciée comme il se doit pour m'avoir obtenu ce poste. J'y ai beaucoup pensé mais je me sens tout de même mal à l'aise après tout ce qu'il s'est passé avec son fils. Ça me rappelle une fois de plus que je me dois d'appeler Ethan.

Depuis cette soirée passée ensemble, je n'ai pris aucune nouvelle de lui et je ne veux surtout pas qu'il pense que j'ai fait tout ça pour ce boulot. Je l'apprécie beaucoup et je suis sûre que si... enfin dans d'autres circonstances, ça aurait pu marcher entre nous.

Léon me sort de mes pensées en se levant pour ranger ses affaires dans son sac, qu'il place en bandoulière, après avoir enfilé sa veste. J'en profite pour l'analyser discrètement. Cet homme n'a rien d'un businessman avec ses longs cheveux d'un style coiffé décoiffé, son jean baggy et son t-shirt imprimé de taches de toutes les couleurs qui ne s'accorde pas du tout avec sa veste kaki. Il n'a aucune classe mais il y a tout de même quelque chose que j'aime dans ce style. C'est un peu hors du commun et ça lui donne un côté artiste.

En arrivant sur le pas de la porte, Léon se retourne pour me faire face. Il se marre en secouant la tête, sûrement à cause du sourire béat plaqué sur mon visage depuis son annonce.

— Vous savez, lâche-t-il. On ressent quelque chose dans vos photos.

Je lui lance un regard perplexe.

— Je ne sais pas, continue-t-il en secouant légèrement la tête. On ressent de l'émotion, beaucoup d'émotion. Comme si vous viviez pleinement ce moment et que vous arriviez à transmettre cette authenticité à vos clichés.

Léon regarde le plafond, l'air interrogateur, avant de revenir à moi. Mon sourire s'est totalement effacé et il le remarque aussitôt. Je cherche rapidement une excuse car, vu mon changement extrême d'humeur, il doit certainement se demander ce qu'il m'arrive. Je cherche quelque chose à répondre en tentant de cacher ma gêne mais il poursuit :

— Je ne tente pas de connaître votre secret d'artiste, Emilie. J'ai un seul conseil à vous donner : ne lâchez pas cette source d'inspiration.

D'un geste rapide, il me salue une nouvelle fois avant de tourner les talons. Et voilà, cette fois impossible de repousser cette pensée dont je tente perpétuellement de me débarrasser. Artiste, moi ? Non, sûrement pas. J'y suis arrivée grâce à lui.

Je me rassois derrière mon bureau et laisse mon esprit divaguer quelques instants. Je n'arrive plus à lutter aujourd'hui. J'ai besoin de penser à lui. Même si je m'efforce chaque jour d'éviter un maximum de le faire, il y a des moments comme celui-ci où je ne peux pas résister. Et je dois avouer que ça me procure tout de même un état de bien-être. Un état temporaire qui me brûle la poitrine et qui malheureusement, finit par s'évanouir.

Fermant les yeux, je me retrouve transportée à Rome, aux côtés de la personne qui a bouleversé ma vie.

# Chapitre 2 :
## Quelques semaines plus tôt

— Pizza, alors ?

Samy commence à perdre patience mais je n'arrive pas à m'arrêter de marcher pour découvrir cette ville qui me passionne tant. Néanmoins, je me retourne en sautillant et m'approche pour lui faire face.

— Non, réponds-je avant de lui déposer un baiser sur le coin de la lèvre.

J'attrape sa main et le pousse à me suivre dans cette magnifique ruelle où l'odeur des pasta côtoie celle des antipasti. J'adore ce quartier de la Trastevere ! Des rues étroites, pas de monuments impressionnant, des maisons tantôt hautes, tantôt basses, du linge suspendu… Tout ça réunit en un seul endroit. Ça me donne envie de sortir mon appareil.

— Emy… non, râle Sam.

S'arrêtant au milieu de la rue, il relâche ma main d'un air agacé que je lui connais bien. Ceci dit, je vois à son sourire en coin qu'il a du mal à se contenir.

— Je suis d'accord pour parcourir la ville en entier, mais allons dîner d'abord ! me supplie-t-il presque. Ensuite, tu pourras photographier ses moindres recoins, on ne repart que dans deux jours.

Deux jours à Rome avec lui. Rien que d'y penser me rend hystérique et je me jette à son cou. Sur la pointe des pieds, je lui fais un baiser esquimau avant de chuchoter :

— Je t'ai déjà remercié ?

Il recule son visage tout en retirant mes bras de sa nuque.

— Oui, un millier de fois ! Allons dîner bébé.

*Bébé ?!*

Je sais qu'il m'appelle comme ça dans l'unique but que je lui obéisse mais peu importe, ça me fait toujours le même effet.

Je suis aussi pressée de découvrir la ville que de retourner à l'hôtel avec lui. J'ai tellement souffert ces derniers jours que j'ai besoin de son contact pour me sentir apaisée. J'ai besoin de le retrouver !

Mon amant continue de mettre une distance entre nous, comme il sait si bien faire. Malgré le fait qu'il me repousse, il m'est impossible de ne pas le toucher.

Je secoue la tête pour me remettre les idées en place.

*Il va me prendre pour une obsédée !*

Soudain, Sam s'arrête pour lire le menu affiché devant l'entrée d'un restaurant.

— Ici on a du choix, pizzas ou pâtes de toutes sortes.

*Oui comme partout dans cette ville...*

Je me place face à lui et tente de capter son regard. Nos corps se touchent légèrement avant qu'il ne recule d'un pas. Je souffle d'exaspération.

— OK on y va, cédé-je. Mais à une condition !

Il lève un sourcil interrogateur et je pose rapidement mes deux mains sur ses joues avant de coller mes lèvres aux siennes. Instinctivement, il a un léger mouvement de recul mais je le force à se rapprocher de moi.

— Emy, halète-t-il contre ma bouche.

— Je t'en prie Sam, tu m'as tellement manqué.

Doucement, il me plaque contre le mur qui longe le restaurant et presse son corps chaud contre le mien, faisant battre mon cœur beaucoup plus vite. Sam remonte sa main derrière ma nuque frissonnante avant de poser ses lèvres sur les miennes. Celles-ci s'ouvrent instantanément pour accueillir sa langue qui s'enroule autour de la mienne avec fièvre, faisant naître des éclairs de désir dans mon ventre. Mes jambes menacent de flancher, heureusement qu'il me soutient.

C'est toujours la même sensation extraordinaire quand on s'embrasse. Mais quand il est avenant comme maintenant, c'est encore mieux.

En sentant tout mon être s'électriser, je comprends mieux ce qu'il voulait dire à propos de ce genre de baiser. Ce qui me semblait si banal entre un homme et une femme prend désormais tout son sens. Un baiser, c'est si sensuel et intime. C'est la raison pour laquelle il ne voulait pas m'embrasser de cette manière. Il réservait ce geste pour sa future femme, celle qu'il aime. Et aujourd'hui il est là avec moi et il m'embrasse comme dans mes rêves…

Samy rompt cet échange en posant son front contre le mien.

— Oh mon Dieu, Sam ! m'exclamé-je les yeux encore clos.

Il recule doucement et j'ouvre immédiatement les paupières en me fustigeant intérieurement.

— Euh, excuse-moi, c'est sorti tout seul, enfin je voulais dire…

— Allons dîner maintenant, m'ordonne-t-il en se retenant de sourire.

Heureusement, il n'est pas en colère. Je me souviens de la dernière fois où j'avais utilisé cette expression et la conversation avait mal tourné...

J'acquiesce avant de le suivre à l'intérieur du restaurant. Il passe devant moi sans me tenir la porte, ce qui me fait rire.

Rien, non, même pas son manque total de politesse et de romantisme ne me fera perdre ma bonne humeur aujourd'hui. Samy est là avec moi, à Rome. Et après ce dîner en amoureux, il sera tout à moi.

# Chapitre 3

Une jolie serveuse nous accueille chaleureusement et nous place près de la fenêtre, sur une petite table ronde.

Je me languis déjà de passer ce moment avec lui. L'endroit est très romantique. Les lumières sont tamisées et il y a des petites bougies un peu partout.

Une fois installés, je commence la lecture du menu sans conviction. Je n'ai pas vraiment faim ces derniers temps. En fait, je crois que mon estomac s'est habitué à être noué et a donc du mal à coopérer.

— Alors, qu'est-ce que tu choisis ?

— Humm, réponds-je en refermant le menu. Je crois que je vais me laisser tenter par la salade *caprese*.

— T'es sérieuse, une salade ? répète-t-il les sourcils froncés.

— Euh… oui.

Alors que je plisse le nez en me demandant quel est le problème, Samy me lance :

— Tu devrais manger plus !

— Qu'est-ce que je dois comprendre ?

— Tu ne trouves pas que tu as assez maigri comme ça ?

*Ah oui, la faute à qui ?!*

Je me retiens de tout sarcasme, ne souhaitant vraiment pas gâcher ce week-end. Même si ça risque d'être dur, je ferai tout pour ne pas le contrarier.

— Je me trouve très bien comme je suis et j'espère que toi aussi…

Je me mords légèrement la lèvre tout en le dévorant des yeux.

— On en a déjà parlé, lâche-t-il sérieusement.

Samy ne rentre absolument pas dans mon jeu de séduction mais après tout, à quoi je m'attendais ?

— Parler de quoi ? le questionné-je.

— Laisse tomber, souffle-t-il.

Je déglutis et tente d'ignorer sa mauvaise humeur. Cet homme est tellement contradictoire que je ne sais plus quoi penser.

La serveuse revient au bout de quelques minutes et Sam commande une pizza au saumon. En lui rendant le menu, il la remercie en italien, ce qui la fait légèrement rougir. Je ne peux pas lui en vouloir, Samy est tellement attirant. Il s'est coupé les cheveux très courts depuis la dernière fois que l'on s'est vus et ça lui va terriblement bien.

Son style est plutôt décontracté aujourd'hui, comme je n'ai pas trop l'habitude de le voir. Il porte un pull léger, gris foncé avec un jean. De toute façon, il est tellement bien foutu que n'importe quel vêtement lui va comme un gant.

*Moi, amoureuse ?!*

Je détourne le regard vers la serveuse qui ne cesse de le mater timidement en remettant sa mèche de cheveux derrière l'oreille. Elle est un peu ronde mais très jolie. Brune et mate de peau. Elle porte une mini-jupe noire et la bile me monte à la gorge quand je remarque Samy la reluquer de haut en bas en s'arrêtant quelques secondes sur son décolleté plongeant.

*Du calme, Emy, tu ne vas pas faire une scène maintenant. Ne te ridiculise pas, respire !*

Je me force à commander des spaghettis bolognaise et j'attrape mon sac à main.

— Je reviens, j'ai besoin d'une cigarette.

— Ça ne peut pas attendre ?

— Je n'ai pas fumé depuis un moment, l'informé-je d'un ton ferme. J'en ai besoin.

Je me mets debout mais Samy m'attrape par le bras pour me stopper.

— Rassieds-toi, Emy.

Sa phrase sonne comme un ordre mais son ton est assez doux. J'hésite un instant et finis par me rasseoir en soupirant. Je n'ai pas envie qu'il remarque que je suis vexée et légèrement jalouse. En réalité, je ne veux surtout pas être en conflit avec lui. Pas ici, pas à Rome, bon sang !

Depuis que nous nous sommes retrouvés, je n'arrête pas de me dire qu'il faut que je fasse mon maximum pour que tout se passe bien. Il a fait l'effort de venir, je ferai l'effort de ne pas tout gâcher.

— Tu devrais arrêter de fumer, dit-il en penchant la tête pour capter mon regard.

— Je sais.

— Je n'arrive pas à comprendre que l'on puisse volontairement ruiner sa santé, et son argent par la même occasion.

Je hausse les épaules sans savoir trop quoi répondre à ça. Je ne peux m'empêcher de regarder la serveuse se balader entre les tables. Finalement, ces deux jours risquent d'être compliqués si toutes les Italiennes sont aussi belles.

— Et tu comptes t'arrêter ? m'interroge-t-il.

— Arrêter quoi ?

— La cigarette voyons !

OK, il ne lâche pas l'affaire. Il compte me chercher longtemps comme ça ? On dirait qu'il essaie de me pousser à bout !

— J'ai commencé à l'âge de seize ans, je ne réfléchissais pas vraiment aux conséquences à l'époque.

— Mais maintenant oui.

— Oui mais… Ce n'est pas si facile !

Je jette un regard sur la table d'à côté pour y voir un couple avec deux verres de vin rouge.

— Ça te dérange as si je commande un verre ?

En guise de réponse, j'ai droit à un long et bruyant soupir.

— D'accord, soufflé-je en me servant un verre d'eau.

Sa religion interdit toutes les bonnes choses de la vie. Pas d'alcool, ni de clope et pas de sexe. Non mais, sérieusement ?!

Samy me scrute en plissant les yeux et comme s'il lisait dans mes pensées, il me demande :

— Tu comprends pourquoi Dieu nous interdit toutes ces choses, hein ?

— Pas vraiment, avoué-je.

— C'est pour notre bien, Emilie. Dieu veut uniquement que l'on vive sainement.

Honnêtement, je ne m'étais jamais posé la question. En tout cas, si je croyais en Dieu moi aussi, je ne serais pas obsédée par une clope ou un verre d'alcool pour détendre mes nerfs en ce moment même.

— Et pour le sexe ?

Constatant sa surprise, je regrette aussitôt ma question et tente de me rattraper.

— Je veux dire, OK pour la cigarette et l'alcool je peux comprendre. Mais je ne crois pas qu'on se ruine la santé, ou même l'argent en faisant l'amour ? Enfin pour ce dernier point, ça dépend des personnes mais….

Je m'arrête pour glousser de ma blague mais il continue de me fixer sérieusement.

— Mais le sexe n'est pas interdit dans l'islam, Emilie. Dieu veut que l'on fasse l'amour uniquement dans les liens sacrés du mariage.

*Merde comment il fait ça ?!*

Il y a quelque temps je me serais dit : Faire l'amour avec une seule personne dans toute une vie, l'horreur ! Mais depuis que je connais Sam, ça ne me semble plus si terrible. Ça me semble même logique. J'ai d'ailleurs du mal à imaginer que quelqu'un d'autre que lui puisse me toucher un jour et ça me terrifie.

— Où veux-tu aller ensuite ? demande-t-il pour changer de sujet.

Je pense immédiatement à l'hôtel. Mais je vais m'abstenir de le lui dire, surtout après cette conversation qui, je le remarque aux traits de son visage, l'a fait virer du côté « raison » de notre relation.

— Il y a tellement de choses à faire ici ! Il faut que je regarde le plan pour demain.

— Bien, on fera ça ce soir. Tu as une liste ?

Je ne réponds pas et lui adresse un sourire malicieux.

— Bien sûr que tu en as une.

Sam me rend mon sourire et l'atmosphère semble légèrement plus détendue.

Nos plats arrivent assez rapidement et en fin de compte, je dévore mon assiette avec enthousiasme.

# Chapitre 4

Le lendemain matin, nous sommes de retour au cœur de la ville et malgré le manque de soleil, elle reste lumineuse.

— Tu as besoin de ça ? demande Sam en me tendant ses écouteurs.

En voyant son sourire ravageur, j'ai le réflexe de le prendre en photo. Il se marre avant de poser sa main devant l'objectif.

— Tu as mieux à photographier aujourd'hui.

— Rien ne sera jamais mieux que toi !

Sam secoue la tête en riant.

— C'est vrai Sam ! insisté-je. Tu sais à quel point tu es beau, hein ?

C'est incroyable ce qu'il me fait craquer. Surtout quand je le sens gêné comme ça par mes compliments. Mon appareil photo étant accroché autour de mon cou avec une lanière, je le laisse retomber et me rapproche de lui tandis qu'il recule doucement. Je fais encore un pas et essaie de l'enlacer mais il attrape mes poignets pour me stopper.

— Emy tu sais, je…

— Tu me manques, le coupé-je. Dans tous les sens du terme.

Je suis bien consciente d'à quel point je suis insistante mais la nuit dernière m'a complètement frustrée !

À notre arrivée à l'hôtel, Sam a carrément proposé de se prendre une chambre seul. Après avoir insisté en lui répétant que c'était ridicule, il a finalement accepté de partager la mienne. Il a ensuite été extrêmement distant en prenant soin de bien fermer la porte de la salle de bain à clé pendant qu'il prenait sa douche. Puis il s'est rapidement glissé sous les draps en évitant totalement mon regard. Il m'a juste dit qu'il était épuisé avant de me tourner le dos et de s'endormir.

J'ai tout juste eu le temps de voir son torse nu avant qu'il ne se couche et j'ai pris sur moi pour ne pas lui sauter dessus.

Je me suis donc allongée près de lui en faisant tout mon possible pour ne pas le toucher et j'ai passé la nuit à m'imaginer dans ses bras.

— Bon allez, le travail ne va pas se faire tout seul ! me sort-il de ses pensées.

Sam me relâche et continue de marcher vers la place *Navone* qui se trouve à une centaine de mètres mais je reste figée sur place.

— Tu n'as vraiment rien à me dire ? Je ne te manque pas, c'est ça ?

Il se retourne en levant les yeux au ciel.

— Emy, arrête…

— Non Sam ! Pourquoi tu es venu si c'est pour être aussi distant avec moi ?

— Je ne suis pas venu pour me disputer, ça, c'est sûr ! rétorque-t-il en haussant le ton.

— Sam, je veux juste comprendre ! dis-je encore plus fort.

Et tant pis s'il n'approuve pas. Je n'en peux plus d'être repoussée de la sorte ! J'ai l'impression d'être une pauvre fille désespérée.

— Comprendre quoi ? demande-t-il plus calmement.

— Je te dis que je te trouve magnifique mais à l'inverse tu me montres clairement que je ne te plais pas. J'ai envie de toi tout le temps mais toi tu me rejettes comme si je te dégoûtais !

Son irritation est palpable et je constate qu'il fait tout pour ne pas s'emporter. Il prend une profonde inspiration et s'avance lentement vers moi. Mais pas assez, afin de laisser volontairement une certaine distance. *Putain ce qu'il m'énerve !*

— Emy, c'est moi qui me dégoûte.

Mes nerfs se relâchent instantanément et je fais un pas en avant afin de poser mes mains sur sa poitrine. Il ne bouge pas mais tourne son visage sur le côté pour ne pas avoir à m'affronter.

— Ne dis pas ça, murmuré-je. Ne te rends pas malade comme ça. Profitons, Sam ! Profite avec moi.

Il plonge son regard dans le mien et je continue avant qu'il ne décide de reculer à nouveau.

— Faisons comme si…. Comme si c'était possible ! Juste pendant deux jours. Je t'en prie Sam. Ne pensons plus aux problèmes, oublions le fait que c'est compliqué entre nous. Rendons ce voyage vraiment… magique !

Perplexe, Samy me fixe quelques secondes sans savoir quoi répondre. Hésite-t-il ?

— Faisons-le Sam ! insisté-je. On reparlera de toute cette merde à notre retour.

Il fronce le nez et je me reprends aussitôt :

— Euh, toute cette crotte, je voulais dire.

Tout en souriant, il secoue la tête avant de replonger son regard ténébreux dans le mien.

— Fais de moi la femme la plus heureuse du monde pendant deux jours. Deux jours, pas plus.

Samy pose délicatement ses mains sur le bas de mon dos pour me coller doucement à lui. À mon grand soulagement, j'en conclus qu'il est d'accord mais il est hors de question que je refasse une tentative de rapprochement alors j'attends, mon regard suppliant planté dans le sien.

— D'accord, souffle-t-il.

À peine ce mot est-il prononcé que mes lèvres sont déjà sur les siennes. Je pose mes mains derrière sa tête pour appuyer notre baiser. Si fort que c'en est presque douloureux.

— Allons voir cette place avant que tu ne m'étouffes, raille-t-il contre ma bouche.

Il me relâche et reprend son chemin mais je l'arrête à nouveau.

— Attends une minute.

Je m'approche de lui, sûre de moi, me racle la gorge et lui dis d'un ton dur et autoritaire :

— Maintenant que tu as accepté notre accord, nous allons devoir établir quelques règles…

Il tente de cacher son sourire en me regardant tourner autour de lui.

— Tu te fous de moi ? me demande-t-il.

Il a tout de suite compris et ça me fait glousser. Je l'imite grossièrement me donner la liste des règles à respecter suite à notre accord il y a presque un an sur notre soi-disant relation. Son air indigné n'est pas crédible du tout car je vois bien que je l'amuse.

— La première règle primordiale est : toujours des baisers avec la langue !

Il secoue lentement la tête en se marrant.

— On ne se moque pas, monsieur ! La deuxième est règle est : on se tient la main durant toutes nos balades.

Sans rien dire, il plisse les yeux en attendant la suite. Je m'approche pour lui susurrer à l'oreille :

— La dernière règle est que tu dois laisser ta raison à Paris. À Rome, c'est ton cœur qui est maître.

Son sourire se fane mais il n'a pas l'air agacé non plus. Il me regarde sans rien dire et j'attends qu'il réagisse. Je ne veux pas le forcer non plus. Enfin s'il dit non, c'est bien évidemment ce que je vais devoir faire...

— Tu n'as pas l'impression de trop m'en demander là ? m'interroge-t-il sérieusement.

— Deux jours, Sam ! Ce n'est pas la mer à boire.

Je lui caresse doucement la joue et il finit par hocher la tête en signe d'acquiescement. Je sautille sur place telle une gamine et le serre à nouveau dans mes bras. Il recule légèrement de façon à me regarder dans les yeux.

— Je vais faire mon maximum mais je ne te promets pas de tout respecter à la lettre. Après tout, ce n'est pas comme si tu avais respecté toutes les miennes, n'est-ce pas ?

*Il marque un point.*

Je repense aux fameuses règles de ne pas passer de nuit ensemble ou celle du fameux baiser sans la langue. Sans parler du fait que s'il y avait le moindre sentiment, c'était terminé entre nous.

Je lui ai pourtant dit que je l'aimais et il est là aujourd'hui, avec moi.

— On peut y aller, maintenant ? s'impatiente-t-il.

Il reprend le chemin en secouant la tête avec un large sourire moqueur aux lèvres.

— Hey, Sam !

— Quoi encore ? souffle-t-il en se retournant.

— Tu n'oublies pas quelque chose ?

Je lui tends ma main, fière et sûre de moi. Amusé, il s'approche afin d'enrouler ses doigts aux miens. Et c'est ainsi que nous nous dirigeons vers cette grande et magnifique place, main dans la main, tel un couple ordinaire.

Durant notre trajet, je sors mon téléphone et lui tends une oreillette afin que l'on écoute de la musique ensemble. Je lance la chanson *Sarà perchè ti amo* de Ricchi et Poveri.

*Idéal vu le contexte, non ?*

En tout cas, ça le fait marrer et j'adore le voir si heureux et détendu.

Par habitude, je sors une clope de ma poche et je sens aussitôt Samy se figer. Il ne dit rien mais il n'en a pas besoin. Son expression horrifiée me fait comprendre que je n'ai qu'une chose à faire : ranger mon paquet.

Je m'exécute malgré mon manque de nicotine et tente de me concentrer sur ce qu'il se passe entre nous. Durant notre balade, la musique entrainante me pousse bouger mes lèvres pour fredonner les paroles ainsi qu'à me trémousser.

Alors que je lui jette un regard en biais pour appréhender sa réaction, je suis surprise de voir ses épaules secouées d'un rire que je ne peux entendre. D'humeur joueuse, je lève nos mains liées en l'air afin qu'il me fasse virevolter sur moi-même au rythme de cette chanson, qui rend l'instant présent encore plus magique.

Les gens nous observent au loin mais je m'en fiche. À cet instant, seuls lui et moi comptons.

# Chapitre 5

Je ne peux m'empêcher de sourire en faisant défiler les photos prises aujourd'hui. Je suis assez contente du résultat mais je n'arrive pas vraiment à savoir si ce sont mes photos qui sont magnifiques ou tout simplement l'endroit qui les rend si irrésistibles.

— Tu veux rentrer ? m'interroge Sam en me caressant les cheveux.

Nous sommes installés sur un banc, lui assis et moi la tête posée sur ses genoux. Rien ne pourrait être plus parfait.

Je tourne le visage pour admirer une fois de plus le jardin de Villa Borghèse dans lequel nous nous sommes arrêtés pour terminer calmement notre journée. Malgré le soleil qui commence à se coucher et la fraîcheur qui s'installe, de nombreuses personnes, dont pas mal d'enfants, se promènent encore autour de l'étang.

— Encore quelques minutes, réponds-je finalement.

Je veux profiter intensément de chaque moment. C'est ce que je fais depuis ce matin. Depuis qu'il a accepté d'être mon amoureux pendant deux jours.

À ma grande surprise, Sam est entré dans le jeu. Bon, il n'a pas non plus été un grand prince charmant mais il a fait des efforts. Des efforts inespérés qui m'ont carrément fait chavirer.

Il m'a tenu la main durant toutes nos balades et m'a fait virevolter pour ensuite m'enlacer tendrement sur cette fameuse *Piazza Navona* où repose cette magnifique fontaine des quatre fleuves. C'est d'ailleurs sur cette place que nous avons profité d'un agréable déjeuner en terrasse durant lequel je posais de temps en temps ma main sur la sienne, sans qu'il ne la retire.

Par contre, il m'a clairement dit qu'il était hors de question qu'il entre dans le Vatican et je n'ai pas insisté, même si j'avoue que, je n'aurais jamais envisagé visiter Rome sans admirer les colonnes de la Basilique Saint-Pierre. Je me suis rassurée en me disant que les photos y étaient interdites et que j'étais là pour ça à la base, non ?

Le meilleur moment de cette journée reste la *Bocca della Verità* devant lequel Sam a, de sa propre initiative, enroulé ses bras autour de ma taille et collé son torse contre mon dos pendant je prenais des clichés de ce chef-d'œuvre architectural. J'ai cru que j'allais devoir arrêter lorsque ses lèvres se sont posées dans mon cou. Mais bizarrement, les frissons qui me parcouraient le corps ont donné un certain cachet aux photos.

Ensuite, je lui ai parlé de cette fameuse légende qui raconte que les menteurs auront la main mordue s'ils l'insèrent dans leur bouche. Je lui ai donc demandé s'il m'aimait et il m'a aussitôt répondu « non » avant de mettre sa main dans sa bouche et de se mordre volontairement en mimant qu'il se pliait de douleur. Nous avons éclaté de rire puis il m'a embrassée langoureusement pendant, ce qui m'a semblé, une éternité.

Sam m'a carrément surprise à m'offrir un bracelet dans l'un des commerces de la *Via Condotti*. En fait, j'hésitais à me l'acheter dès que je l'ai vu dans la vitrine de cette boutique d'accessoires et une fois porté à mon poignet, Sam a fait signe à la vendeuse de l'emballer. Je lui ai caressé la joue et embrassé le coin de la lèvre pour le remercier. La vendeuse a souri en pensant sûrement que nous étions un joli couple et j'ai aimé qu'elle le croie.

J'ai beaucoup ri en voyant Sam se moquer du guide dans le musée *Borghese*. Il n'a pas tenu à faire tout le tour mais admirer l'extérieur m'a suffi. J'ai pu prendre en rafale ce grand bâtiment orné de bas-reliefs et de bustes présents sur toute la surface. De nombreuses fenêtres percent l'édifice afin de donner de la luminosité aux œuvres. Magnifique.

Enfin, nous avons fini sur ce banc, épuisés de cette journée.

— Bon, alors ? insiste-t-il.

Sam frissonne avant de se frotter vigoureusement les bras alors je me redresse pour m'asseoir près de lui.

— Et si on allait se réchauffer maintenant ? demandé-je, espiègle.

Je hausse plusieurs fois les sourcils et il éclate de rire. Je profite de sa bonne humeur pour lui dire clairement :

— Allons à l'hôtel.

— Tu ne veux pas dîner d'abord ?

Il faut que je profite à fond de cette magnifique ville. Y dîner est extrêmement tentant, mais pas plus que…

— Et si on se faisait livrer un plateau-repas ? proposé-je.

Il sourit à pleines dents avant de secouer négativement la tête.

— Nous dînons en ville ! dit-il en se mettant debout.

Même si je suis déçue qu'il n'accepte pas ma proposition, le voir tendre sa main pour attraper la mienne me fait tout oublier.

\*\*\*

Nous cherchons un restaurant proche de l'hôtel sans trop faire les difficiles tellement nous sommes épuisés d'avoir tant marché. À table, je dévore la moitié de ma pizza Regina sans dire un mot. Lorsque je lève le regard vers Samy, il se mord la lèvre pour ne pas rire.

— Quoi ?

— Rien, continue.

Je sais qu'il aime me voir manger ainsi. Je ne le fais vraiment pas exprès, j'ai une faim de loup ! Il penche la tête en continuant de sourire et sa petite fossette sur sa joue bronzée me fait craquer.

— Ne me regarde pas comme ça, lui ordonné-je mal à l'aise.

— Très bien.

Sam détourne le regard vers la serveuse (pas la même qu'hier soir bien heureusement).

— Hé ! protesté-je.

Il éclate de rire et je pose ma main sur la sienne mais il la retire pour me montrer mon assiette.

— Finis ton plat.

Je n'ai plus vraiment faim mais je m'exécute juste pour lui faire plaisir, cette fois.

— Tu veux goûter ?

Je tends un morceau de pizza vers sa bouche mais il a un mouvement de recul assez rapide.

— Franchement, Emilie ! braille-t-il en grimaçant.

Ne comprenant pas de suite, je jette un œil à ma pizza et la lumière se fait. Du jambon s'y étale. Cramoisie de honte, je souffle :

— Oh, excuse-moi !

Il se calme et croise ses bras contre son torse sans rien dire. Je tente de détendre l'atmosphère.

— Tu ne sais pas ce que tu loupes en tout cas ! raillé-je en croquant un gros morceau.

Sam continue de me regarder manger sans rien dire, avec cet air amusé que j'adore.

— Explique-moi, demandé-je la bouche pleine.

— Quoi ?

— Pourquoi vous ne mangez pas de porc ?

Lentement, il se penche en avant pour approcher son visage du mien et pose ses coudes sur la table.

— Il s'agit d'un animal impur, commence-t-il. Tu sais ce que le porc mange ? Que des déchets. Et c'est un animal sale. De plus, le porc ne peut pas être égorgé car il n'a pas de cou. Et tout le monde sait qu'il est préférable d'égorger un animal pour éviter que ce soit dangereux. En réalité, le Coran nous interdit de le manger pour éviter toute infection ou maladie.

J'arrête de mâcher ce que j'ai dans la bouche, l'air dégoûté, ce qui le fait rire. J'aime quand il m'explique sa foi. J'aime le fait qu'il connaisse chaque sujet par cœur et qu'il y ait une raison à toutes ces choses.

Je lâche la dernière part dans mon assiette.

— Du coup tu ne m'en veux pas si je ne finis pas ?

Il rit encore plus fort avant de poser sa main sur la mienne.

# Chapitre 6

Les cheveux mouillés, je m'assois sur le petit canapé près de la fenêtre.

— Je suis lessivée !

Sam ne me prête pas attention, trop concentré sur son petit livre. Ce fameux livre qu'il lisait dans le café où nous avions rendez-vous la première fois. Là où tout a commencé entre nous. C'est cette fois où il m'a proposé ce fameux « deal ».

À moitié allongé sur l'oreiller, il est seulement vêtu d'un caleçon. Ce soir, il me laisse admirer la vue ! Et j'ai l'impression que quelque chose a changé... Son corps paraît un peu plus musclé, surtout ses jambes.

J'en profite pour attraper mon appareil photo et le mitrailler comme j'aime si bien faire mais il ne le remarque même pas. *Imperturbable !*

Sans faire de bruit, je m'allonge délicatement près de lui pour trier mes photos.

Une fois fait, Sam n'a pas bougé d'un poil. J'ai envie de tenter une approche mais étant donné qu'il lit le Coran, j'ai peur qu'il me repousse. Même s'il a été agréable toute la journée je sais qu'il ne faut que je lui en demande trop d'un coup.

Alors, je me mets sous les draps en attendant qu'il termine sa lecture en l'admirant. Il est tellement beau...

Sa peau mate sans aucune imperfection et son regard chocolat sont si... envoûtants !

Au bout d'un long moment, Samy ferme enfin son livre et part s'enfermer dans la salle de bain. En sachant qu'il a déjà pris sa douche quand nous sommes rentrés, je commence à me poser des questions. *Qu'est-ce qu'il fait ?!*

Impatiente, je finis par me lever pour aller frapper à la porte.

— Sam… ?

Pas de réponse mais j'entends du mouvement dans la pièce.

*Nom de Dieu, ne me dites pas que…*

À peine j'entends la porte se déverrouiller que je l'ouvre précipitamment. Au moment où j'entre, il se lave les mains.

— Tu faisais quoi là ?

Indépendamment de ma volonté, mon ton est sec et ma question sonne comme un reproche. Il hausse un sourcil en me regardant dans le reflet du miroir.

— Non mais c'est une blague ?! hurlé-je.

Après toutes mes tentatives d'approche, il préfère se soulager… tout seul ?

Je secoue vigoureusement la tête et retourne en trombes dans la chambre avant de m'asseoir sur le bord du lit. J'attends qu'il daigne me donner une explication mais monsieur n'a pas l'air pressé.

Une fois sorti, il remarque enfin à quel point je suis énervée.

— Qu'est-ce qui t'arrive ? demande-t-il en haussant les sourcils.

Je me mets debout pour lui faire face.

— Pourquoi tu as fait ça ? J'ai juste perdu quelques kilos… Allez, trois maximum ! Tu me trouves trop maigre c'est ça ?

Vêtue d'un mini short et d'un débardeur, je lui désigne mon corps en passant mes mains sur mon ventre sans abdos, mes cuisses assez charnues. Je me retourne ensuite pour lui montrer mes fesses, mon plus gros complexe soit dit en passant. Je les ai toujours trouvées trop grosses !

Je jette un regard sur le miroir de l'entrée et je me dis que ce n'est pas possible, ma maigreur est inévitablement une excuse pour ne pas me toucher. Même avec quelques kilos en moins, je reste pourtant bien en chair.

J'inspire profondément pour tenter de me calmer.

— Sam, je ne te plais plus du tout ?

Moi qui le trouve si parfait, je me sens vraiment nulle à cet instant même.

Après m'avoir regardée de haut en bas les yeux écarquillés, il finit par poser la main sur sa bouche pour s'empêcher de rire.

— Non mais je rêve ! m'écrié-je.

À bout de nerfs, j'attrape mon peignoir pour couvrir rageusement ce corps qui semble tant le répugner.

— Emy…

Je me retourne pour lui faire face avec l'envie brutale de le gifler lorsque j'aperçois toujours ce sourire moqueur flotter sur ses lèvres.

— Viens par-là, dit-il en tendant sa main vers moi.

Je croise les bras sur ma poitrine et secoue fermement la tête.

*Il se fout vraiment de moi là !*

Tandis que je tape du pied, furax, il s'assoit au bord du lit et s'efforce de ne pas rire. *Je vais le tuer, je jure que je vais le faire !*

— Tout d'abord, lâche-t-il en tentant de reprendre son sérieux. OK je ne suis pas un grand romantique je te l'accorde, mais de là à m'enfermer dans la salle de bain comme un ado ? Non mais franchement Emy ?

Toujours dans la même position, je retiens mon souffle avant de lui demander :

— Que faisais-tu dans ce cas ?

— Mes salats.

— Tes quoi ?

— Mes prières Emy !

— Oh !

— Non mais sérieusement, que croyais-tu ?

De nouveau, il éclate de rire ce qui me rend cramoisie de honte. Je ne sais plus où me mettre ! Je n'avais pas du tout pensé à ça. Pour le coup, je ne sais pas quoi lui répondre.

— Approche, souffle-t-il une fois sa crise de rire terminée.

Cette fois, je m'exécute. Il me place entre ses jambes avant d'ouvrir mon peignoir puis il pince malicieusement une de mes fesses, me faisant sursauter.

— Tes fesses, c'est ce que j'aime le plus chez toi.

J'entrouvre la bouche d'étonnement en tentant de cacher mon sourire. Sam poursuit sans me laisser le temps de réagir :

— Comment tu peux croire que tu ne me plais pas Emy ?

— Tu me le dis clairement.

Samy soupire franchement.

— Non, je n'ai jamais dit ça !

Il me contemple à nouveau de haut en bas.

— Emy, tu ne vois pas que j'essaie de te résister ? Depuis le début j'essaie, mais je n'y arrive pas. Et ça me rend dingue. Tu me rends dingue !

Profondément soulagée par ses paroles, j'ôte mon peignoir et le laisse tomber à mes pieds.

— Ne résiste plus, je t'en prie.

Il tourne le visage sur le côté pour éviter de me regarder.

— Emy arrête s'il te plaît, je viens de prier.

— Deux jours Sam. C'est ce qu'on s'était dit.

— Tu es consciente de ce qui va se passer après ? demande-t-il avec de la tristesse dans sa voix.

Je baisse les yeux au sol. Je fais tout pour ne pas penser à la suite mais je sais qu'elle va me frapper en plein visage. Ce petit manège qui me fait tomber encore plus amoureuse de lui chaque minute va me briser en mille morceaux. Malgré tout, je ne peux pas m'arrêter et je veux profiter de chaque instant. Il m'est impossible de faire autrement.

Samy souffle bruyamment avant d'enlacer ma taille. Puis, il soulève mon débardeur pour m'embrasser délicatement le ventre. Mon corps tout entier frissonne de désir. Je le pousse légèrement afin qu'il s'allonge totalement sur le lit et je me positionne sur lui, bien décidée à faire de cette nuit-là la plus intense de toute mon existence.

# Chapitre 7

Allongée près de lui, mes jambes enlacent l'une des siennes et ma tête est posée sur son torse musclé. *Qu'est-ce que ça m'a manqué...*

— Tu arrives à prier euh... cinq fois par jour, c'est bien ça ?

Je sais pertinemment que les musulmans doivent prier, j'ai d'ailleurs déjà surpris Mina le faire une bonne dizaine de fois. En vacances, elle installait une sorte de tapis au sol et était totalement couverte de la tête au pied alors qu'il ne faisait pas moins de trente-cinq degrés dehors.

En revanche, je n'avais jamais remarqué que Sam le faisait aussi. On n'avait jamais passé autant de temps ensemble sans se lâcher non plus. Et puis en y repensant, c'est vrai qu'il s'enfermait souvent un long moment dans la salle de bain après nos câlins.

— C'est compliqué mais j'essaie, répond-il en soupirant.

— C'est beaucoup. Je veux dire, cinq fois par jour.

— Oui, c'est pour ça que j'ai mis du temps tout à l'heure. Parfois, j'essaie de rattraper mon retard, même si ce n'est pas la meilleure manière de faire.

— D'accord, réponds-je simplement.

— C'est important, reprend-il. La prière est le deuxième pilier de l'islam. Elle permet au croyant d'exprimer son adoration envers Dieu. Tu sais, c'est l'une des raisons pour lesquelles il est préférable de partager sa vie avec quelqu'un qui a les mêmes croyances... C'est trop dur sinon de respecter ces cinq prières.

— Je comprends, Sam.

Il souffle et je me relève légèrement pour lui faire face.

— Non sérieux ! Je comprends tout ce que tu me dis et je ne sais pas ce que je ressens exactement quand tu m'en parles mais tout me semble plus cohérent.

À son regard scrutateur, je sens bien qu'il ne voit pas où je veux en venir. Je m'allonge sur le côté pour le regarder.

— J'ai toujours eu du mal à comprendre pourquoi les gens croyaient en Dieu. Je me disais… Comment autant de personnes sur terre peuvent être si… naïves ?

Samy continue de fixer le plafond sans rien dire.

— Aujourd'hui je me demande si ce n'est pas moi qui étais naïve tout ce temps.

Étonné, il se met également sur le côté pour me faire face. Je pose ma main sur sa joue.

— Qu'est-ce que ça veut dire ? m'interroge-t-il.

— Je n'en sais rien Sam. Je ne sais pas trop où j'en suis. C'est juste que je me pose pas mal de questions.

— Des doutes ?

Sam hausse un sourcil interrogateur tandis que je hausse les épaules.

Depuis que je le connais, je me demande de plus en plus s'il est possible que finalement il y ait un Dieu. Ou du moins quelque chose de plus fort que l'être humain, que le monde entier. J'ai tellement rejeté cette idée toute ma vie qu'il m'est difficile d'être objective.

— J'aime que tout soit logique et clair avec toi, avoué-je.

De nouveau, Samy se replace en position allongée en fixant le plafond. Il culpabilise, je le sens. Sauf que contrairement aux autres fois, mon amant fait tout pour ne pas me le montrer. Il veut me faire croire que sa raison n'est pas présente avec nous à cet instant même. Je me rapproche de lui et pose ma main sur son ventre.

— Qu'est-ce qui t'a fait changer d'avis... je veux dire... de venir me rejoindre ?

— Je n'en sais rien.

— Bon OK, je peux rajouter une dernière règle ? On communique ! Tu dois me dire ce que tu penses.

— Trop tard ! raille-t-il en tournant le visage sur le côté. Fallait y penser avant.

— Sam, s'il te plaît.

— Je n'en sais rien, soupire-t-il. Je t'imaginais ici toute seule. Ça me rendait dingue de me dire que finalement j'avais gâché le voyage dont tu as toujours rêvé. Je savais que tu n'en profiterais pas comme il se doit. J'ai d'abord appelé la compagnie pour voir si tu avais bien pris ton vol puis je leur ai demandé de modifier mon billet sur le vol suivant. C'était de la folie, je sais. Comme d'habitude quand il s'agit de toi, je ne réfléchis pas avec ma tête !

Je lui dépose un baiser sur la bouche et voyant qu'il ne me repousse pas, j'introduis ma langue et me rapproche de lui en collant ma poitrine contre son torse.

— Tu es insatiable ! me taquine-t-il.

Un rire le secoue tandis qu'il me fixe sérieusement.

— Tu es sûre ? Il est tard et demain est notre dernière journée.

Ma poitrine se contracte de douleur en y repensant.

— Je sais. C'est pour ça que je compte profiter de cette dernière nuit.

Je m'apprête à le chevaucher mais il m'en empêche en me retenant à ma place.

— Emy... il y a quelque chose que j'aimerais te demander.

Il attrape mon menton pour que je le regarde dans les yeux.

— Il n'y a eu personne d'autre ? Je veux dire, depuis que toi et moi…

— Quoi ?! le coupé-je en ouvrant grand les yeux.

Je recule pour qu'il me lâche et me redresse sur l'oreiller.

— Tu plaisantes ? Ça fait à peine trois semaines que c'est fini, tu me prends pour qui ?

Je repense vaguement à Ethan et à ce baiser mais ça ne signifiait rien. Sam lève aussitôt les mains en l'air.

— C'était pour savoir, du calme chérie !

Chérie ?! Ça c'est sûr, il sait y faire avec moi. Ma colère s'évanouit et mes yeux s'orientent automatiquement sur son torse parfait.

— On dirait que tu es encore plus musclé qu'avant.

Son visage se referme. *Qu'est-ce que j'ai encore dit ?*

— J'ai fait… pas mal de sport dernièrement.

*Il a hésité ?*

Mon estomac se tord et mon cœur se resserre quand je lui demande :

— Et toi, tu as eu quelqu'un d'autre ?

*Pitié qu'il dise non !*

— Non, bébé, répond-il en me caressant le bras.

Je me place si rapidement sur lui qu'il n'a même pas le temps de réagir. Il éclate de rire et enfouit son visage dans mon cou tout en resserrant son étreinte.

# Chapitre 8

Quand le réveil sonne, j'ai du mal à ouvrir les yeux tant je suis fatiguée de cette quasi-nuit blanche. J'ai envie de les refermer mais je me force à ne pas le faire. Le planning est chargé aujourd'hui !

Sam me surprend en ouvrant la porte. Je n'avais même pas remarqué qu'il n'était plus là. Il est déjà habillé d'un pantalon beige avec des poches latérales et un polo noir à manches longues. Je cache ma tête sous l'oreiller pour ne pas lui montrer combien, même habillé, il me fait de l'effet.

— Allez debout, m'ordonne-t-il en tirant sur la couette. Le Colisée nous attend.

\*\*\*

Assise sur une terrasse d'un café, je tente d'émerger en terminant mon verre de jus d'orange. J'entends Samy rigoler.

— Quoi ?

— Et ça veut rester éveillé toute la nuit… se moque-t-il.

— Je voulais juste profiter de mon amant d'un soir !

Nous nous sourions mais c'est pourtant bien la vérité. Il s'agissait de la dernière nuit ensemble et nous le savons tous les deux.

Arrivés devant le Colisée, ma fatigue semble se dissiper. Néanmoins, je sens que mes yeux sont encore bien gonflés. J'ai pourtant tenté de camoufler les dégâts avec du maquillage ce matin, mais Samy m'en a empêché.

Je m'arrête une seconde en admirant ce monument à moitié détruit. C'est encore plus beau que dans mon imagination !

Nous entrons dans l'amphithéâtre main dans la main pour y admirer les marches de cette ruine. Je prends instinctivement mon appareil photo mais j'ai un peu du mal, ce matin. Je ne sais pas si c'est à cause de la fatigue ou cette horrible sensation que je ressens de savoir que ce voyage prendra bientôt fin. J'ai réussi pourtant, à profiter de chaque minute sans penser à ça mais je n'y arrive plus. C'est plus fort que moi, dès que Sam me montre un peu d'affection, je me dis que ça ne va pas durer. Je vais le perdre.

— Alors ?

Sam me sort de mes pensées et je me retourne pour lui faire face.

— Tu ne prends pas de photos ? me demande-t-il, intrigué.

— Si.

J'attrape mon appareil et en prends quelques-unes sans grand enthousiasme. Sam m'arrête en m'attrapant par la taille.

— Hé, viens par là.

Il colle son corps au mien et j'enfouis mon visage dans son cou. Son incroyable odeur me fait chavirer.

— Profite de cette dernière journée, ça en vaut la peine.

Sur ces belles paroles, il me place les oreillettes de son téléphone pour me faire écouter cette chanson qu'il adore : *I lived* de One Republic.

# Chapitre 9

Les yeux clos, je me laisse presque aller à l'endormissement quand je sens des doigts me tapoter l'épaule.

— Emy, murmure-t-il d'une voix cassée.

Je suis retournée vers le hublot depuis le décollage, il y a une heure déjà. Le moment fatidique que je redoutais tant est arrivé. Nous rentrons, fini le voyage à Rome. Toute cette petite mascarade est terminée.

— Ça va ? insiste-t-il.

Comment peut-il me demander une telle chose ? Je hoche fébrilement la tête en continuant d'observer les nuages que l'on voit difficilement depuis que la nuit est tombée. Il n'insiste pas et je referme les yeux pour penser à cette journée.

J'ai pu réaliser de superbes photos du Colisée, grâce à lui. Nous sommes ensuite allés visiter le château Sant' Angelo. Une belle structure médiévale que je ne connaissais pas mais qui valait le coup d'œil. Nous avons ensuite fini sur la *Piazza di Spagna* pour un déjeuner près de la magnifique fontaine *Barcaccia*. Déjeuner auquel je n'ai pratiquement pas touché. Je sentais la frustration de Sam, mais impossible d'avaler quoi que ce soit tellement mon estomac était noué. Il a pourtant tenté à plusieurs reprises de me faire sourire ou de discuter, mais en vain. J'ai apprécié ses efforts pour me remonter le moral mais je n'ai pas réussi à retrouver mon enthousiasme de la veille.

Malgré mon silence, j'ai profité de chaque seconde de ses mains sur moi et de son odeur indescriptible.

Avant de prendre le taxi jusqu'à l'aéroport, Sam a insisté pour que l'on repasse voir la fontaine de Trévi. *Ma fontaine.* J'ai d'abord refusé mais il a insisté en prétextant que je n'avais que des photos d'elle de nuit. En arrivant et en contemplant cette merveille sous le soleil de ce jour lumineux, je l'ai remercié d'avoir eu cette idée. *Une merveille.*

Sam a tenté de me refourguer sa musique pour que je prenne des photos mais je n'en avais pas besoin cette fois. Il s'est ensuite positionné derrière moi en m'enlaçant très fort pendant que je prenais ma dernière photo du voyage.

Je suis consciente d'avoir lamentablement gâché cette dernière journée. J'aurais pu en profiter davantage en jouant le jeu au maximum jusqu'au bout. Je l'avais enfin pour moi toute seule durant deux jours et je n'en ai pas assez profité.

De toute façon, cette idée était idiote ! Ce n'est pas quelques jours qui me feront me rassasier de lui.

À mon grand étonnement, je sens à nouveau sa main se poser sur mon bras.

— Emilie ?

Je le regarde droit dans les yeux cette fois.

— J'ai fait quelque chose de mal ?

Sa voix est douce et son regard, vide. Voilà pourquoi je l'évite depuis ce matin. Lui aussi il souffre.

— Je préfère qu'on arrête les frais, c'est tout.

— Je te signale que c'était ton idée.

— Oui désolée, c'était absurde ! rétorqué-je sèchement. Et oui je sais, tu m'avais prévenue.

Les bras croisés, je me détourne de nouveau mais il m'en empêche en m'attrapant le visage pour me forcer à le poser sur son torse. J'ai envie de lutter mais impossible de résister à cette sensation d'apaisement que je ressens quand je suis contre lui.

— Je n'aurais jamais dû te rejoindre, je suis désolé.

J'ai envie de lui dire qu'il a bien fait. Qu'il a fait de ce voyage le plus beau de toute ma vie et que si mes photos sont réussies, enfin à mes yeux et tant pis pour ce qu'en pensera Léon, c'est grâce à lui. Mais je préfère garder le silence. Il le rompt à nouveau et son insistance me perturbe de plus en plus.

— Tu ne m'as même pas parlé de ton nouveau travail.

Il a effectivement tenté d'aborder le sujet à plusieurs reprises aujourd'hui mais je suis restée assez vague. Je n'en avais tout simplement pas envie.

— Tu ne veux plus me parler ?

Il chuchote afin que personne dans l'avion ne puisse nous entendre et je me rends compte que c'est rare qu'il me parle de cette manière. Si calmement et sereinement. Toujours collée à lui, je relève la tête pour plonger mon regard dans le sien.

— Je t'aime Samy.

Sa respiration semble s'arrêter un instant. Puis, il détourne le regard vers le hublot et serre les dents.

— Emilie, s'il te plaît…

— Sam, dis-le-moi je t'en supplie. Si tu m'aimes, dis-le-moi.

Il ferme les yeux durant quelques secondes et quand il les rouvre ils sont brillants et encore plus sombres que jamais.

Oh mon Dieu, il va le faire ! Je sens qu'il va m'avouer son amour. Je le vois dans son regard brûlant. Mon cœur est prêt à exploser quand il ouvre la bouche :

— Je suis désolé Emy.

Les larmes me montent aux yeux et il pose sa main sur ma joue pour me pousser à me remettre contre lui. Il n'a pas envie de me voir pleurer. Il ne veut pas voir la tristesse qu'il provoque en moi. Jamais cet homme ne me donnera ce que je désire plus que tout au monde : son amour.

Le cœur en sang, je ferme les yeux et me réveille une heure plus tard lors de l'atterrissage.

# Chapitre 10 :
# Aujourd'hui

— Pause-café ?

Anna me fait sursauter de ma chaise, ce qui la fait glousser.

— Avec plaisir ! réponds-je.

Concentrée sur mon travail depuis ce matin, je n'ai pas eu une minute à moi. Léon m'a demandé de retravailler des photos qu'il a prises ce week-end à Lyon. Je suis étonnée de la beauté de cette ville à laquelle je n'avais jamais prêté attention.

— Comment s'est passé ton week-end ? m'interroge ma collègue tandis que nous nous dirigeons vers la machine à café.

— Très bien, j'ai glandé toute la journée samedi, ça fait du bien ! Et dimanche je suis allée chez ma mère. Rien de fou, je te l'accorde !

Anna rit. Je me sens de plus en plus à l'aise avec elle. Je ne ressens plus du tout cette gêne que j'avais au départ à cause de son fils. D'ailleurs, quand elle me parle de lui, elle fait tout pour qu'il n'y ait aucun malaise, ce que j'apprécie énormément.

À son tour, elle me raconte son week-end durant notre petite pause que nous prenons sur un banc à l'extérieur avec ce beau temps printanier.

— Écoute ça, dit-elle tout bas en regardant autour de nous. L'autre jour, j'ai entendu Léon dire qu'il était très content de t'avoir engagée. Il dit que tu es douée !

Je lui souris aussi largement que possible. Honnêtement, je m'en doutais. Léon me confie de plus en plus de tâches intéressantes et importantes. Il m'a même demandé de l'accompagner à sa prochaine séance photo à Athènes, ce que j'ai accepté sans aucune hésitation.

— Bonjour, Anna, nous interrompt une voix masculine.

Je lève la tête sur un collègue que je ne connais pas mais que j'ai déjà croisé plusieurs fois dans les couloirs.

— Oh, bonjour Noah. Je te présente Emilie, la nouvelle assistante de Léon.

Il me tend sa main en plongeant son regard bleu perçant dans le mien. Je sens que je suis en train de rougir et ça me met mal à l'aise. À vrai dire, on s'était déjà mutuellement remarqués. Nous nous sommes souri plusieurs fois en nous croisant dans l'immeuble mais sans jamais nous adresser la parole.

Noah a un peu le même style que mon chef. Il porte un jean délavé et un t-shirt noir avec des motifs indescriptibles. Ses cheveux châtain clair sont disposés en un coiffé/décoiffé impeccable. Et surtout, il a des magnifiques yeux couleur océan.

En notant mon embarras, Anna se met à glousser de manière qu'elle croit sûrement discrète.

— Noah est un grand photographe, m'apprend-elle. Il est spécialisé dans le mannequinat.

— Enchantée.

— Moi de même, me répond-il en lâchant ma main.

Je me lève pour retourner à mon bureau et les laisser discuter mais Anna préfère me suivre en souhaitant une bonne journée à Noah.

— Tu sais, ce beau garçon ne venait pas pour moi.

Sans répondre, je continue de monter les escaliers. A-t-elle compris que je n'avais pas la moindre envie de parler « garçon » avec elle ?

C'est un peu gênant avec ce qu'il s'est passé avec son fils. Je ne suis pas sûre qu'elle soit au courant de tout mais dans le doute, je préfère éviter ce sujet.

Une fois de retour à notre bureau, elle fronce les sourcils.

— Tu ne fumes pas aujourd'hui ?

— Non, j'essaie de diminuer.

Je jette un œil à ma montre et m'aperçois que je n'ai pas fumé depuis quatre heures déjà. J'ai de moins en moins la sensation de manque et je suis fière de moi.

— Super Emy ! C'était quoi ton déclic ?

— Mon déclic ?

— Oui, on dit que tout fumeur en a un pour arrêter.

Je pense à lui. Juste quelques secondes avant de hausser les épaules.

— Je n'ai pas vraiment eu de déclic.

Une fois assise, Anna me fixe, pensive. Je relève la tête des photos sur lesquelles j'étais déjà en train de travailler.

— Je peux te poser une question Emilie ?

— Bien sûr.

— Tu n'as pas de… petit ami ?

— Non, réponds-je en sentant mon cœur se contracter de douleur.

— Comment une fille aussi belle et adorable que toi peut être seule, hein ?

Je lui adresse un sourire pour la remercier du compliment et la supplie intérieurement de ne plus me poser de question. Comme si elle lisait dans mes pensées, ma collègue m'adresse un regard compatissant avant de remettre le nez dans ses dossiers.

# Chapitre 11

— Si ce n'est pas un bébé alors je dirais… une nouvelle maison ? demandé-je mon verre de vin blanc à la main.

— Hum tu y es presque cette fois !

— Vous achetez une maison ? tenté-je.

— Non, pas vraiment.

— J'abandonne !

Je soupire en reposant mon verre sur la table. Ça fait dix minutes que Mina essaie de nous faire deviner ce qu'elle doit nous annoncer ce soir. J'ai déjà proposé une tonne de bonnes nouvelles possibles et imaginables. Je jette un regard à Fanny qui est bien silencieuse tout à coup. Ça ne lui ressemble absolument pas !

— Et toi tu ne proposes rien ? lui demandé-je. Tu adores ce petit jeu pourtant.

Je la taquine en lui donnant un coup d'épaule. D'habitude, c'est elle qui prend un malin plaisir à nous faire deviner les choses ! Mon amie prend une gorgée de son cocktail avant de marmonner un truc incompréhensible.

Quand je comprends enfin l'attitude de Fanny, je fusille Mina du regard.

— Pourquoi est-elle au courant avant moi ?

Elles me sourient et je me joins à elles pour montrer que je ne boude pas vraiment. En général, Fanny est toujours au courant des sujets un peu plus désagréables à digérer, histoire d'aider à faire avaler la pilule le moment voulu.

*Alors quoi ?* Il s'agit d'une mauvaise nouvelle ? Pourtant, Mina nous a dit qu'il s'agissait d'une bonne chose, il me semble…

Je manque de recracher le liquide que j'ai dans la bouche quand je me rends soudain compte de quoi il s'agit.

— Non ?! crié-je en écarquillant les yeux.

Mina me sourit légèrement avec un regard rempli de peine.

— Je ne vous ai jamais caché que Mehdi voulait quitter la région parisienne.

Effectivement. Mais l'idée que cela pouvait réellement arriver m'était carrément sortie de la tête.

— Je sais, c'est juste que….

— Tu n'imaginais pas que ça arriverait vraiment ?

Je secoue la tête et Fanny me rassure :

— Je pensais comme toi.

Je ne sais pas quoi dire. Je sais que c'est ce que son mari a toujours voulu. Il est né en province et n'a jamais aimé Paris. Il est venu après ses études pour y travailler mais je sais qu'il est malheureux ici.

— Vous partez où ? demandé-je en sentant une boule se former dans ma gorge.

— En Irlande.

Bon, je dois tout faire pour voir le bon côté des choses. Ce n'est pas si loin finalement ! Quand ils se sont fiancés, Mina parlait d'aller vivre au Japon, ce qui m'avait fait péter un plomb à l'époque.

— Tu es heureuse ? la questionné-je. Je veux dire, c'est ce que tu veux ?

— Oui je crois… Je m'y étais préparée et j'espère beaucoup de ce changement de vie.

Je repense à toutes ces fois où Mina nous disait que la vie de jeunes mariés et, de nouvelle maman par la même occasion, était très difficile. Ils ont une relation très conflictuelle et Mina fait toujours tout pour sauver son mariage.

Je me force à ne pas pleurer mais mes satanées larmes décident à nouveau d'en faire qu'à leur tête et d'envahir mes yeux.

C'est Fanny qui le remarque la première. Aussitôt, elle pose ses mains sur son visage pour cacher les siennes.

— Oh non les filles, ne me faites pas ce coup ! nous supplie Mina.

Puis, elle nous prend les mains et tente de nous rassurer, la voix tremblante :

— Je vous promets que ça ne changera rien. On se verra moins souvent c'est sûr, mais il y a le téléphone ! Et puis comme vous savez, je dois revenir toutes les six semaines.

J'essuie mes larmes et la regarde, un peu rassurée.

— Ah oui ?

Ma voix est à peine audible et ridicule.

— Oui... mon injection. Ils ne font pas ce type de traitement là-bas.

— Tu m'en veux si je suis ravie qu'ils ne la fassent pas ?

Malgré nos larmes, nous rions toutes les trois.

Mina nous annonce que le départ est prévu dans plusieurs semaines et je lui en veux de ne pas m'en avoir parlé avant. Elle esquive légèrement le sujet puis je comprends que ce n'était pas le moment pour moi. J'allais si mal dernièrement que la nouvelle n'aurait rien arrangé. Je ne dis pas que je ne déprime plus et que ça ne m'atteint pas mais disons que le moment est peut-être plus approprié, en effet.

— C'est de ma faute, dis-je. Je me rends compte qu'on a parlé que de moi ces temps-ci. Je suis désolée.

Mes amies me promettent que ce n'est pas le cas et qu'il est tout à fait normal qu'elles aient été là pour moi.

— D'ailleurs, comment tu vas ? me demande Fanny.

Les deux m'observent avec peine mais je ne peux pas leur en vouloir. Je faisais vraiment pitié ces derniers temps.

— Ça va.

Elles me jettent un regard qui veut dire « menteuse » ce qui me fait glousser.

— Je retrouve l'appétit, je dors mieux et… je pense un peu moins à lui.

— Un peu ? Répète Mina.

— Oui quand je suis au travail, j'aime tellement ce que je fais que j'arrive à m'évader. Puis je rentre chez moi tellement fatiguée que je m'endors assez rapidement.

Heureusement que j'ai changé de boulot car m'ennuyer au travail comme autrefois ne m'aurait pas aidé à aller mieux. Mais parfois, j'avoue que je regrette d'avoir démissionné. Je l'aurais croisé de temps en temps à la cafétéria ou dans l'ascenseur. J'aurais probablement senti une immense douleur à chaque regard mais c'est peut-être moins pire que de n'avoir aucune nouvelle.

Je repose mon verre que j'ai du mal à terminer. Mon corps s'est habitué à ne plus boire d'alcool et quand je fais une petite entrave, je le sens passer.

— Bon maintenant, tu dois rencontrer quelqu'un !

Fanny retrouve sa bonne humeur qui me fait sourire.

— Oui et ce n'est pas en traînant avec des femmes mariées et sans intérêt que tu vas trouver !

Fanny donne un coup sur le bras de Mina, l'air outrée.

— Hé ! Je ne suis pas sans intérêt !

Nous éclatons de rire et elles me font promettre de ne pas louper la moindre occasion de rencontrer quelqu'un. Je lève à nouveau mon verre en l'air.

— À ta nouvelle vie Mina !

# Chapitre 12

J'ai à peine retiré ma veste que Léon est déjà en train de m'énumérer la liste de choses que j'ai à faire, et ce toujours en urgence.

— J'ai déjà déposé les dossiers sur ton bureau et si tu peux terminer ceux-là avant ce soir ça serait vraiment super.

Il me tend les documents que je récupère.

— Ça sera fait.

— Merci Emilie ! Je suis conscient que je t'en demande beaucoup mais sache que tu seras récompensée à ta juste valeur.

Il me salue avant de sortir en catastrophe du bureau avec ses deux appareils photo et des dossiers pleins les bras.

Ce qu'il ne sait pas, c'est qu'il me rend vraiment service en me donnant tout ce travail. J'adore ce que je fais et j'en apprends tous les jours plus, ce qui est important pour ma carrière. Mais surtout, ça m'occupe l'esprit toute la journée, et ce jusqu'à tard, parfois même chez moi quand je ramène du travail à la maison.

Anna me propose un café comme chaque matin avant de démarrer mais je refuse gentiment pour me mettre immédiatement au travail.

J'enchaîne le tri de photos et les factures jusqu'à ce que mon ventre gargouille. Lorsque je lève les yeux et remarque l'heure avancée du déjeuner, je me décide à aller prendre un sandwich et manger dehors. Cela me fera prendre l'air, par ce beau temps et en plus Anna est sûrement partie déjeuner toute seule pour ne pas me déranger.

— Bon appétit, m'interpelle une voix grave.

Noah, le jeune photographe que m'a présenté Anna l'autre jour, se trouve juste devant moi. Nous nous sommes recroisés quelques fois en nous souriant timidement mais sans jamais nous adresser la parole.

J'avale la nourriture que j'ai dans la bouche avant de lui répondre :

— Excuse-moi, merci !

— Je peux ? demande-t-il en me désignant le banc sur lequel je suis installée.

— Bien sûr !

Un café entre les mains, Noah s'assoit à côté de moi. Bienveillant et intéressé, il me pose des questions banales sur l'endroit où j'habite, ce que j'aimerais faire, etc. Je lui explique que mon but est d'être photographe tout comme lui et il me propose gentiment son aide que j'accepte sans hésiter.

Noah a l'air vraiment d'être un gentil garçon et je ne demande qu'à en apprendre plus sur lui.

Nous passons un long moment à parler photo. Il me montre même quelques paramétrages de son appareil et je l'écoute avec grand intérêt. Quand je regarde l'heure, je me rends compte que ma pause-déjeuner a été beaucoup plus longue que ce que j'avais envisagé.

— Ce n'est pas vrai ! Je suis désolée, je dois y retourner.

— Je n'ai pas non plus vu le temps passer…, avoue-t-il, gêné.

Nous nous sourions timidement avant qu'il ne rajoute :

— Je peux peut-être te ramener ce soir ? On pourrait finir cette discussion.

— Euh… oui OK pourquoi pas !

En retournant au bureau, je me demande si j'ai bien fait avant de me convaincre que ça n'engage à rien. Il me ramène juste chez moi, ce n'est pas comme si c'était un rendez-vous galant ou quoi que ce soit. Ça va peut-être devenir mon nouveau « Mika » après tout !

Je souris bêtement avant d'apercevoir tout ce qu'il me reste à faire sur mon bureau.

# Chapitre 13

Je sens le soleil me réchauffer la peau et ce petit vent frais rend le moment encore plus agréable.

— Et voilà un cocktail sans alcool !

Ma mère me tend un verre et je me redresse légèrement pour l'attraper avant de me rallonger sur le transat. Cela fait plusieurs dimanches après-midi que je squatte chez elle. Profiter de son jardin me fait du bien, plutôt que de rester enfermée chez moi. Et puis en ce moment, on s'entend plutôt bien. On ne parle pas énormément certes, mais on passe du temps ensemble sans se disputer.

Elle me tend son paquet de clopes que je décline.

— Tu ne fumes plus non plus ? demande-t-elle surprise.

— Je réduis, réponds-je sans la regarder.

Les yeux clos sous mes lunettes de soleil, j'aimerais qu'elle se taise pour profiter tranquillement mais je ne peux pas lui demander ça, je suis chez elle tout de même…

— Et il y a une raison à tout ça ?

— Ma santé, c'est déjà pas mal non ?

Elle ricane puis se tait quelques secondes avant de reposer cette question fatidique qui m'exaspère toujours autant.

— Et sinon… toujours pas d'homme dans ta vie ?

Je tourne mon visage et baisse mes lunettes de soleil pour la fusiller du regard.

— Très bien, j'ai compris ! Bon et ton boulot ? Tu t'y plais toujours autant ?

Elle change vite de sujet pour éviter que je ne m'énerve mais j'aimerais juste profiter de ce beau temps en silence. Je me force tout de même à lui raconter ce que je fais en ce moment et mes futurs projets. Elle est contente pour moi quand je lui dis que je pars à Athènes avec mon responsable et je me surprends à apprécier notre conversation finalement. De toute manière, j'adore parler de mon boulot.

Ma mère se lève pour remplir nos verres et revient avec un poste radio. Je m'assois sur le transat, paniquée.

— Non, maman, s'il te plaît !

— Ne t'inquiète pas chérie, les voisins sont en vacances et puis je ne compte pas mettre à fond, dit-elle en riant.

Elle appuie sur le bouton mais à peine la musique commencée que j'ai déjà tendu mon bras pour l'éteindre. Elle me fixe l'air étonné.

— On était bien là, en train de discuter, non ?

Même si j'appréciais un peu nos échanges, ce n'est pas du tout la raison pour laquelle je ne veux pas qu'elle branche ce poste. Cela fait quelques semaines que j'évite d'écouter de la musique. Faire ressurgir mes émotions ces derniers temps n'est pas une bonne idée. Je suis bien trop contente d'avoir dépassé ce stade où je déprimais toute la journée. Je ne veux pas recommencer à penser à lui à longueur de journée. Je veux vivre !

Maman n'insiste pas mais j'imagine qu'elle se demande quelle mouche m'a piquée. Elle en profite pour continuer notre conversation, ravie que pour une fois, je sois ouverte à lui parler de moi.

En fin d'après-midi elle me propose de rester dîner. Je lui dis que j'aimerais me coucher tôt comme je fais habituellement mais elle insiste et bizarrement, ça ne me dérange pas.

Durant le dîner, je me demande quand est-ce que je vais lui annoncer que j'ai repris contact avec mon père. Je sais pertinemment qu'elle ne va pas mal réagir. C'est d'ailleurs elle qui m'avait conseillé de renouer avec lui. Mais je ne sais pas si ça lui fera plaisir au fond. Le fait de ne plus lui parler me plaçait de son côté en quelque sorte.

La dernière fois que j'ai vu mon père ne s'est pas passée comme je l'avais imaginé. Suite à nos retrouvailles dans sa boutique, il m'a recontactée par message pour m'inviter à prendre un café près de chez moi. J'avais longuement hésité à accepter son invitation étant donné mon état dépressif mais j'ai tout de même dit oui pour qu'il ne pense pas que j'avais changé d'avis. Il était hors de question de lui raconter mes petits malheurs du moment.

Nous avons passé un court instant en tête à tête sans réellement savoir quoi nous dire. Je n'ai pas trop posé de questions sur sa vie de peur qu'il me parle d'elle et il en a fait de même, sûrement pour éviter tout conflit. Sa manière de prendre des gants pour aborder tous les sujets ne m'a pas échappé. Je me suis rendu compte qu'on ne rattraperait jamais toutes ces années perdues et ça m'a fait mal. J'ai énormément culpabilisé d'avoir laissé tant de haine me submerger et m'éloigner de jour en jour. Mais j'ai également pris conscience que je ne voulais plus qu'il soit hors de ma vie. Plus jamais.

Nous avons donc prévu de nous revoir mais pas tout de suite. Il a bien compris qu'il me fallait du temps et qu'on devait y aller progressivement. Je suis convaincue qu'on peut reconstruire quelque chose. Repenser à lui me fait légèrement sourire et je lui envoie discrètement un message pour que l'on planifie un rendez-vous.

— Hum, hum, qui te fait sourire comme ça ?

J'avais oublié que rien n'échappe à ma mère.

— Arrête maman.

Je lui souris malgré mon exaspération.

— J'aimerais tellement que tu rencontres quelqu'un ma chérie, que tu sois heureuse !

— Ah bon ? Tu m'as pourtant souvent répété que les hommes étaient tous des connards !

— C'est vrai et je pense qu'un homme reste un homme ! Mais tu dois quand même vivre cette expérience et… avoir des enfants ! Bah oui malheureusement sans eux c'est impossible !

Elle ricane mais ce qu'elle ignore c'est que j'ai déjà réfléchi à ce dilemme. Ai-je besoin d'un homme pour avoir des enfants ? Techniquement oui j'en ai besoin mais aujourd'hui de nombreuses femmes décident d'avoir un enfant seules. C'est vrai, si je ne trouve pas chaussure à mon pied, pourquoi ne pas faire un bébé seule ? Pas tout de suite évidemment. Je me suis toujours dit, souvent après mes nombreuses déceptions amoureuses, que j'y penserais le jour de mes trente ans si je suis toujours seule d'ici là.

— Tu penses à quoi ? dit-elle en me sortant de mes pensées.

Je vais éviter ce sujet avec ma mère. J'ai envie de terminer la soirée entière et sans hurlements.

— Au travail qui m'attend demain.

J'en profite pour la remercier et me préparer à partir. Elle me raccompagne jusqu'à l'entrée comme à son habitude.

Avec un air mélancolique que je ne lui connais pas, elle m'observe enfiler ma veste sans rien dire.

— Qu'est-ce qu'il y a maman ?

— Tu as tellement changé dernièrement.

— Comment ça ?

— Tu es plus douce, plus compréhensive.

Je lui souris pour la remercier.

— Bon il te reste encore quelques points d'amélioration…, me taquine-t-elle avant de me prendre dans ses bras pour me souhaiter bonne nuit.

# Chapitre 14

Après une journée intense, j'hésite à annuler ce soir mais Mika doit déjà être sur la route à l'heure qu'il est et ça fait trop longtemps que je lui promets cette soirée.

Je suis assise sur le banc en face de mon travail, ma première clope de la journée à la main. Je n'arrive pas à croire que j'ai réussi à tenir toute une journée ! Le pire, c'est que je pourrais me passer de celle-ci.

Je remarque Noah sortir du bâtiment et je détourne le regard pour faire comme si je ne l'avais pas vu. Non pas que ça me dérange mais il me met mal à l'aise, bien qu'il n'ait rien fait pour jusqu'à maintenant, en tout cas pas délibérément. Ses pas se rapprochent.

— Salut Emilie.

— Oh, salut Noah.

— Je te dépose ?

— Non c'est gentil, j'attends un ami.

— Ah, OK…

Déçu par ma réponse, il baisse les yeux au sol. Cela fait plusieurs fois qu'il me ramène chez moi quand on se croise en sortant. Je me suis même demandé s'il n'espionnait pas le moment où je pars du bureau.

— Hum… ami ou petit ami ? demande-t-il.

— Pardon ?

Il sourit timidement en passant sa main derrière la tête.

— La personne qui vient te chercher ? Non pas que je sois curieux mais faut que je sache si je dois me mettre à courir quand il arrivera.

Nous rions. Sa présence me fait vraiment du bien. Je n'ai pas vu grand monde ces temps-ci. À part mes soirées chez ma mère ou au Napoli avec les filles, je ne fais pas grand-chose. J'ai accepté l'invitation de Mika ce soir car ça fait vraiment longtemps et je ne veux pas que mes anciens collègues pensent que je les ai complètement oubliés.

— Il s'agit juste d'un ami. Un ancien collègue d'ailleurs.

Il me questionne sur mon ancien boulot et me raconte rapidement comment il a démarré ici, juste après ses études. Je lui explique que ce que je fais aujourd'hui est vraiment plus intéressant.

— Alors il n'y a vraiment que des avantages que tu sois venue travailler chez nous, lance-t-il.

Il rougit légèrement et je comprends qu'il veut parler de notre rencontre. Nous nous sourions timidement et je me lève en apercevant Mika arriver dans sa petite Clio noire habituelle.

— Je dois y aller… merci d'avoir attendu avec moi.

— C'était avec plaisir.

Nous nous sourions à nouveau durant quelques secondes et Mika montre son impatience en klaxonnant pour me faire réagir.

*Toujours aussi lourd celui-là !*

Ça fait du bien de m'intéresser à quelqu'un, je veux dire à un garçon. Je ne sais pas, il y a quelque chose de particulier entre lui et moi depuis que l'on s'est rencontrés. Ce petit truc qu'on ressent lorsqu'on se plait mutuellement.

Je tourne les talons en direction de la voiture et repense au conseil de Mina et Fanny : « le prochain beau mec tu fonces ! Il n'y a que comme ça que tu l'oublieras… ».

Avant d'ouvrir la portière côté passager, je me retourne pour regarder Noah partir. Il se retourne également pour me faire un signe de la main et j'en profite pour le rappeler.

— Si tu n'as rien de prévu ce soir, je serai au Five, un pub dans le quinzième.

D'abord surpris, il sourit largement et me fait un petit hochement de tête en signe d'acquiescement. Et je me surprends à mon tour à désirer sa présence ce soir…

\*\*\*

— Sers-toi dans le frigo, je fais vite.

Je laisse Mika dans le salon pendant que je vais me préparer dans la salle de bain. Il voulait que l'on dîne dehors avant d'aller au pub mais j'ai insisté pour grignoter un truc à la maison. Bon j'avoue, ça me permet de me faire belle pour ce soir. On ne sait jamais si Noah me rejoint… Je souris à cette idée. Je suis si contente de m'ouvrir à quelqu'un. C'est peut-être de ça dont j'ai besoin après tout.

— Emy ? me hèle Mika derrière la porte.

— Une seconde !

Je me lisse les cheveux et me maquille en accentuant bien sur mes yeux comme je ne l'ai pas fait depuis longtemps. Puis, je passe un jean slim noir et un petit haut beige sans bretelle. Ma tenue semble faire effet. Lorsque je sors de la salle de bain, l'effarement se peint sur les traits de mon ami.

— Waouh !

Je lui souris en guise de remerciement.

— Dis, tu n'as pas de jambon pour les sandwiches ?

— Euh… non. Il y a des tranches de dinde au fond à droite.

*J'évite d'acheter du porc dernièrement, va savoir pourquoi…*

— OK !

Avant de sortir de ma chambre, Mika s'attarde sur ma table de chevet. Merde !

— Qu'est-ce que… ?

— Ce n'est rien ! le coupé-je en attrapant le livre qui s'y trouve pour le ranger dans le tiroir.

— C'était le Coran ou une connerie dans le genre ? insiste-t-il.

— Laisse tomber s'il te plaît.

— Non Emy, explique-moi. Je comprends rien là !

— Il n'y a rien à comprendre…

— Ne me dis pas que tu fréquentes toujours…

— Non ! hurlé-je de peur qu'il ne dise son prénom.

Je ne sais pas pour quelle raison, mais je préfère ne pas l'entendre. Et puis ce que je fais ne le regarde pas.

J'ai commandé ce livre quelques jours après mon retour de Rome. J'ai eu un peu de mal à le trouver en version française mais sur le net on trouve de tout. Je voulais y jeter un œil par pure curiosité, juste parce que je me posais trop de questions dernièrement. Même s'il y a beaucoup de passages compliqués que je ne comprends pas trop, j'en ai déjà lu une bonne partie.

— Non Mika, dis-je calmement. Rien à voir avec lui, crois-moi.

— Je suis là si besoin Emy, tu le sais ça ?

— Oui bien sûr. Je meurs de faim, tu nous les finis ces sandwiches ?

Mika repart en cuisine et à mon grand soulagement, il se remet à me parler de sa copine avec qui il vient de rompre. Nous en avons déjà discuté durant le trajet mais ça ne m'a pas du tout dérangé, au contraire. Si ça peut éviter que l'on parle de moi.

Après notre dîner improvisé, je ne peux m'empêcher de poser cette question qui me ronge depuis que j'ai accepté son invitation de ce soir :

— Mika… tu… tu es sûr qu'il ne sera pas là ?

— Oui, me rassure-t-il. Il n'est jamais revenu à l'une de nos soirées.

Une sensation étrange me parcourt le corps mais je tâche de ne pas m'y attarder. C'est ce que je fais de mieux dernièrement : le chasser de mon esprit et me forcer à penser à autre chose.

Alors, je décide de me confier à Mika et lui parle de mon charmant collègue aux yeux bleus avec qui je partage ma plus grande passion.

# Chapitre 15

Arrivés au pub, j'ai un pincement au cœur en me remémorant de nombreux souvenirs, aussi bons que mauvais. Je ne m'y attarde pas et me précipite vers mes anciens collègues. Après avoir répété une dizaine de fois ce que je fais dans mon nouveau travail, j'aperçois une blonde platine me foncer dessus.

— Une revenante ! hurle-t-elle.

Stella me saute carrément dessus, manquant de peu de nous faire tomber à la renverse. Je ris avant de lui rendre son étreinte et nous nous posons un petit moment afin de rattraper le temps perdu. Nous nous racontons brièvement nos vies respectives, jusqu'à ce qu'elle me montre du doigt l'homme sur qui elle a jeté son dévolu ce soir.

— Tu n'as pas changé ! lancé-je en gloussant.

Stella se marre avant de faire signe au serveur qu'elle souhaite un autre verre. C'est à ce moment précis que j'aperçois Noah entrer en compagnie de deux autres mecs. Je m'excuse auprès de mon ancienne collègue et me lève pour le rejoindre.

— Salut, dis-je timidement une fois face à lui.

— Emilie !

La bouche grande ouverte, il me contemple comme s'il ne me reconnaissait pas.

— Tu... tu es magnifique ! lâche-t-il en se passant une main dans les cheveux.

Je comprends à son regard qu'il est totalement sincère et cela me plaît de paraître séduisante aux yeux d'un homme.

En plus, il n'est pas avare de compliments et cela flatte mon égo de femme. Il fait signe à ses amis qu'il part avec moi et me désigne une table libre. Une fois devant, il me surprend à faire glisser ma chaise pour que je m'y asseye.

*Un vrai gentleman !*

Noah s'installe en face de moi avant d'observer partout autour de lui.

— C'est sympa ici, tu viens souvent ?

— Avant oui, je venais quasiment tous les week-ends. C'est l'endroit où se retrouvent les collègues de mon ancien boulot.

— Avant ?

— Oui, soufflé-je. Dernièrement je me consacre entièrement au travail !

*Et je n'avais pas vraiment la tête à faire la fête...*

— J'ai vu ce que tu as fait sur le mur, m'informe-t-il. Tu es très douée.

— Merci.

Je lui souris et il se mord légèrement la lèvre inférieure, gêné. Noah est vraiment très mignon. Son style est toujours aussi décalé. Il porte un jean délavé et troué avec une chemise décontractée au style froissé.

Nous passons un bon moment à parler photo et je me rends compte que j'ai totalement abandonné mes anciens collègues. Je cherche Stella et Mika du regard et les aperçois sur la piste.

— On danse ? lui proposé-je enjouée.

Il acquiesce et se lève avant de me tendre sa main pour m'aider à faire de même.

*Eh bien ! Je n'étais pas habituée à autant de classe.*

Une fois sur la piste, nous nous défoulons tous les quatre durant plusieurs musiques d'affilée. De temps en temps, Noah m'attrape la main pour danser avec moi et je le laisse faire volontiers. Quand la chanson *A sky full of stars* de Coldplay retentit, je me place face à Stella et Mika pour danser avec eux comme nous le faisions avant. Nous chantons et rions comme autrefois et ça me fait vraiment du bien !

Comme si j'étais dans une bulle invisible, j'en viens même à fermer les yeux pour profiter de cet instant. *Cette chanson me fait carrément vibrer !*

Je finis par me dire que ça fait longtemps que je n'écoute plus de musique et que l'effet étrange qu'elle a sur moi vient sûrement de là. Enfin de lui. Aussi car il s'agit de son groupe préféré, et d'une chanson qu'il adore… C'est à ce moment précis que je rouvre les yeux pour regarder autour de moi. Il n'est pas là.

*Nom de Dieu évidemment qu'il n'est pas là !*

Je reprends vite mes esprits en attrapant la main de Noah tout en me trémoussant au rythme des instruments. *De la guitare ? Merde !*

Je me déhanche et lève les bras en fermant de nouveau les yeux. Pendant de longues secondes, j'arrive à me vider l'esprit. Je dois me concentrer pour me défouler sans réfléchir et ça m'énerve. Quand la chanson se termine enfin, je suis soulagée d'avoir surmonté ça.

*Comment diable a-t-il réussi à pénétrer mon cerveau ?!*

Comme toujours, on sent la fin de la soirée avec la piste qui se vide et des musiques de plus en plus douces. Quand la chanson *Give me love* d'Ed Sheeran démarre, je panique carrément de peur de ne pas réussir à me contrôler cette fois. J'hésite à retourner m'asseoir mais Noah m'attrape par le bras.

— Tu danses avec moi ?

Je m'efforce de sourire et hésite une seconde avant de poser mes mains sur ses épaules. Il place les siennes sur le bas de mon dos et je me sens frémir mais pas pour les bonnes raisons. Pourquoi cette chanson bon sang ? Il ne s'agit pas de notre chanson mais la voix du chanteur et la guitare m'y font beaucoup penser.

*Bon sang, pense à autre chose Emy !*

Je resserre mon étreinte et il fait de même afin que nos corps soient complètement collés. Mon estomac se tord.

Mais quand les paroles du refrain démarrent, c'est au tour de mon cœur de se serrer de douleur.

*Give me love* (Donne-moi de l'amour).

Sans que j'aie le temps d'empêcher mon esprit de divaguer, des images de Sam et moi apparaissent. Nous deux sur cette piste en train de danser, avec mon casque sur les oreilles.

*Bordel, non !*

Je ne peux pas tout gâcher, pas maintenant, j'y étais presque ! Je serre Noah encore plus fort et ferme les yeux mais les images continuent de défiler dans ma tête.

Je revois Sam en train de me toucher, de m'embrasser... Stop !

Désespérée, je pose mes mains sur le visage de Noah pour qu'il me regarde dans les yeux.

— Embrasse-moi ! lui ordonné-je.

Je ne sais pas vraiment ce que je suis en train de faire mais ces images doivent quitter mon esprit.

Noah s'exécute en posant ses lèvres sur les miennes. Je tâche de les garder bien fermées afin qu'il n'y introduise surtout pas sa langue.

*Putain Emy arrête ça, lâche-toi, ce n'est qu'un baiser !*

Mais elles ne veulent pas obéir. Ce genre de baiser est devenu trop intime pour moi.

Quand il colle encore plus son corps au mien, je ressens carrément un profond dégoût et le repousse violemment. Tellement fort, qu'il se retrouve à plus d'un mètre de moi en moins de deux secondes.

Il me fixe l'air abasourdi sans savoir réellement quoi faire. Hésitant, il finit par s'approcher.

— Emilie, est-ce que ça va ?

J'ai cette horrible impression que tous les regards sont braqués sur nous. Je pose mes mains sur mon visage afin que personne ne voie mes larmes couler.

— Non, je suis désolée, vraiment désolée.

Choqué de me voir dans cet état, Noah tente de me retenir mais je le pousse à nouveau et récupère mes affaires avant de sortir du pub en courant. Je cours comme une furie en direction de chez moi. Je continue de foncer malgré mes hauts talons et je ne prête aucune attention à ce qu'il se passe autour de moi.

Comment ai-je pu croire une seule seconde qu'un autre homme puisse me faire le même effet ? J'avais déjà essayé avec Ethan mais c'était trop tôt. Je pensais être enfin prête mais faut croire que je ne le serais jamais.

\*\*\*

Arrivée devant chez moi, je grimpe dans ma voiture. Je ne sais pas vraiment ce que je vais faire mais je démarre sans trop réfléchir. Au bout de quelques minutes, cette chanson passe à la radio. Ma chanson. Notre chanson. Ed Sheeran — *Photograph*.

*Est-ce une putain de blague ?*

Je me gare sur le côté et me mets à hurler en donnant des coups de poing dans mon poste pour que la musique s'arrête. Après m'être sûrement cassé la main au lieu de cette foutue machine, je pose ma tête sur le volant et éclate en sanglots.

# Chapitre 16

*Non, je ne peux pas faire ça.*

Pas après tous mes efforts depuis ces deux derniers mois.

Sauf que là, je n'arrive pas à faire machine arrière. J'ai l'impression de ne plus me contrôler !

Je fais les cent pas devant chez lui. À chaque fois que je vais pour frapper à sa porte, ma raison me revient en pleine face. Des images de notre retour de Rome où il m'a déposée en me demandant de l'oublier, de ne plus jamais l'appeler. Et maintenant je suis là, devant chez lui comme une conne qui ne veut pas voir la vérité en face. *Il ne t'aime pas Emy !*

Impossible de me calmer. Je m'assois à côté de sa porte, le visage sur mes genoux. Je suis consciente d'être complètement folle, complètement paumée. PATHÉTIQUE.

J'ai beau essayer de me raisonner, je n'y arrive pas. Je reste assise un long moment avant de prendre enfin la décision de partir.

Il est plus de quatre heures du matin, je ne peux pas débarquer comme ça. Et s'il était avec quelqu'un ? Ma poitrine se resserre en pensant à cette idée. Je ne supporterais pas la douleur de le voir avec une autre.

Mon téléphone sonne et je m'éloigne vite de sa porte. Je décroche en me dirigeant vers ma voiture.

— Emy ?! s'exclame Mika d'une voix paniquée.

— Mika, s'il te plaît…, hoqueté-je.

— Oh mon Dieu Emy, ça va ? Où es-tu ?

— Dis-moi s'il te plaît, qu'est-ce que tu sais de lui ?

— Quoi ? De qui tu parles ?

— Samy, je veux parler de Samy, tu sais bien ! hurlé-je.

Rien que de prononcer son nom me fait mal. Je l'entends soupirer dans le téléphone.

— Je t'en supplie Mika, dis-moi.

— Tu veux que je te dise quoi ?

— Tout ce que tu sais, j'ai besoin que tu me parles de lui.

Je suis consciente d'être totalement ridicule mais à défaut de le voir, il faut que je sache.

— D'accord, souffle-t-il. Reviens s'il te plaît. Je te dirai tout ce que tu veux savoir.

Je n'insiste pas. Mika est inquiet et il ne me dira rien sans savoir que je suis en sécurité.

— Je suis en voiture, on se retrouve chez moi dans dix minutes.

Je raccroche sans lui laisser le temps de me faire la morale ou d'insister pour venir me chercher.

Quand j'arrive dans ma rue, Mika est déjà là, adossé contre le mur de mon immeuble. Il se précipite pour m'ouvrir la portière et me surprend à me prendre dans ses bras sans me harceler de questions. Et ce, même s'il remarque ma main blessée. Au lieu de ça, il m'aide à rentrer chez moi.

Après nous avoir préparé du thé, mon ami me ramène un sac de glaçons que je colle sur ma main endolorie. Il s'assoit près de moi et je pose ma tête sur son épaule. Je me sens un peu plus calme mais toujours affolée au plus profond de moi.

— Qu'est-ce qui s'est passé avec ton collègue ? Est-ce qu'il t'a fait du mal ?

— Noah ? Non… pas du tout !

Je me sens mal en repensant à ce dernier qui n'a pas dû comprendre quoi que ce soit à mon changement d'humeur. Mes pensées reviennent rapidement sur Samy. Impossible de le sortir de ma tête désormais.

— Alors, qu'est-ce qu'il s'est passé ? insiste Mika.

— J'ai pété un plomb, c'est tout, réponds-je en me redressant pour attraper ma tasse. Mika, parle-moi de lui. Qu'est-ce qu'il devient ?

— Tu es sûre que c'est une bonne idée ?

— Oui s'il te plaît. Parle-moi. Est-ce qu'il travaille toujours avec vous ?

— Oui, toujours.

— Quoi d'autre ?

— On joue toujours au foot ensemble le samedi matin.

— C'est tout ?

— Emy, tu sais que ce n'est pas non plus mon meilleur ami ! Tu veux que je te dise quoi sur lui ?

— Est-ce que... tu sais s'il a quelqu'un ?

Il soupire avant de boire une gorgée. Je ne m'attends pas à ce qu'il en sache autant sur sa vie privée mais il fallait que je pose la question. Quand il repose son verre, sa réponse me surprend avant de m'arracher le cœur :

— Je crois que oui.

Violemment, je pose ma tasse sur la table basse en y renversant la moitié de mon thé.

— Comment ça tu crois ? Pourquoi ?

— Une fille est venue le regarder jouer plusieurs fois sur le terrain.

— Elle était comment ?

La panique monte en moi mais je tente de me raisonner. C'était peut-être sa sœur ou une amie...

Mika se lève, exaspéré de cette discussion.

— C'est bon Emy, on s'en fout de comment elle est !

— Dis-le-moi s'il te plaît ! crié-je.

— Brune, cheveux frisés. Une rebeu quoi !

— Il l'a embrassée ?

— Arrête Emy ! me supplie-t-il, embarrassé.

— Est-ce qu'il l'a embrassée ? répété-je en haussant le ton.

— J'ai juste vu cette fille le regarder jouer et repartir avec lui.

— Main dans la main ?

— Emy, souffle-t-il. Tu as besoin de te reposer !

Je me lève pour me mettre face à lui et le supplie du regard même si je vois très bien qu'il me prend pour une cinglée.

— Dis-moi juste ça Mika, je t'en prie.

Il hésite une seconde puis me regarde avec pitié.

— Oui Emy, je suis désolé…

J'ai du mal à respirer et la nausée me gagne. Cette fois ça y est. Sam a tourné la page. Il est avec quelqu'un qui partage ses croyances comme il l'a toujours voulu, me laissant seule et le cœur totalement éclaté.

Mika n'insiste pas quand je lui demande de partir et à peine sorti de chez moi, je laisse s'échapper les larmes que je contenais. Je m'assois devant ma porte d'entrée ma tête sur mes genoux puis je me relève et attrape ma veste pour sortir de chez moi, bien décidée à aller le voir cette fois.

Arrivée devant ma voiture, je reprends mes esprits et retourne m'affaler sur mon canapé en pleurant. Telle une folle dingue, je reproduis ce geste trois fois de suite. C'est comme si mon corps me poussait à le rejoindre tandis que ma raison me hurlait d'arrêter et de me faire à l'idée : Samy ne t'aimera jamais.

Après ces allers-retours insensés, je passe plus d'une heure à pleurer dans mon lit en l'imaginant, heureux, avec une autre femme. *Comment a-t-il pu ?*

Pendant que moi, je reste bloquée dans notre relation sans laisser personne m'approcher, lui se balade main dans la main avec une autre femme comme si rien de ce que nous avons vécu ne signifiait quelque chose. Mon estomac se retourne et je suis à la limite de vomir à chaque fois que je l'imagine.

J'attrape une clope pour finalement la jeter par terre et écraser le paquet entier avec ma main. Je n'ai même plus ce besoin de nicotine pour me soulager. J'ai pourtant besoin de quelque chose, je deviens complètement dingue avec ces images qui ne veulent pas sortir de ma tête.

*Une crise d'angoisse ?*

Impossible d'ôter cette douleur si perçante dans ma poitrine. Je repense à nos diverses conversations et je me rappelle soudain cette fois où il m'a affirmé que lire le Coran pouvait apaiser les cœurs.

J'allume ma lampe de chevet, ce qui est quasiment inutile vu la lumière du jour qui commence à pénétrer la chambre, et je commence à lire tout bas :

*« Ô Seigneur ! Je suis ton serviteur... Je te demande de rendre le Coran le printemps de mon cœur, la lumière de ma poitrine, la dissipation de ma tristesse et la fin de mes soucis... ».*

Ce sont sur ces belles paroles, que je connaissais déjà, que je me laisse enfin aller à l'endormissement.

# Chapitre 17

Mina tente désespérément d'endormir Adam pendant que Fanny termine de faire les crêpes. Je la regarde faire les cent pas dans mon appartement et je ne peux m'empêcher de sourire malgré cette souffrance qui ne me quitte plus depuis quelques jours. Mina fait des va-et-vient entre mon canapé et ma cuisine en berçant son fils pour qu'il s'endorme. Fanny elle, est carrément installée dans ma cuisine.

Elles ont débarqué il y a une heure sans que je ne les invite. Pire, je leur avais clairement dit que je voulais être seule aujourd'hui. Une fois arrivées, je leur ai montré mon agacement mais en réalité, j'aime cette façon qu'elles ont de s'incruster et de continuer à être elles-mêmes quand ça ne va pas. J'aime les avoir près de moi, surtout que bientôt, ça va être compliqué de se retrouver aussi souvent.

*Encore une pensée douloureuse.*

Une spatule à la main, Fanny revient dans le salon pour s'asseoir près de moi.

— Ce n'est pas parce que ça n'a pas marché avec Noah que ça ne marchera pas avec un autre ! s'exclame-t-elle.

— Je ne veux personne d'autre, réponds-je en serrant l'oreiller contre moi.

— Allez ! dit Fanny en posant sa main sur mon épaule. Ça arrive à tout le monde les déceptions amoureuses ! Regarde Mina avec l'autre taré.

Mon amie veut parler de l'ex-petit ami de Mina. C'était un mythomane qu'elle a fini par quitter malgré son amour pour lui. Mina sort sa tête de ma chambre où elle est en train de coucher Adam enfin endormi.

— Je vous entends ! Grogne-t-elle.

Fanny rigole avant de reprendre :

— Je veux dire, tu te souviens comme elle était mal ? Totalement désespérée ?

Cette fois, Fanny se prend un coussin en pleine face et j'éclate de rire. Mina me fait signe de faire moins de bruit et nous rejoint sur la pointe des pieds.

— N'empêche que c'est vrai, chuchote-t-elle. J'avais aussi l'impression que je ne retrouverais plus jamais quelqu'un comme lui et regarde aujourd'hui…

Fanny et moi nous couvrons la bouche pour ne pas rire de nouveau. Mina n'a jamais cessé de se plaindre de son couple qui bat de l'aile depuis son mariage et voilà qu'elle tente de me remonter le moral avec son exemple.

D'abord outrée par nos moqueries, elle finit par éclater de rire avec nous.

— Bande de pestes ! lance-t-elle. Bon OK, ma vie n'est pas un conte de fées mais j'aime mon mari et je suis heureuse d'avoir ma petite famille.

— Elle a raison ! renchérit Fanny. Tu vas l'oublier tu vas voir. Surtout maintenant que tu sais qu'il est passé à autre chose. Ça va t'aider à faire de même.

Je n'insiste pas mais je sais que je n'y arriverai pas. Jamais je ne ressentirai la même chose pour quelqu'un d'autre. C'est impossible. Maintenant, je le sais.

On entend Adam qui pleure dans la chambre et Mina lève les yeux au ciel en soupirant.

— Profite de ta vie de célibataire, crois-moi !

À contrecœur, elle retourne le voir. Quand elle revient exaspérée, son fils dans les bras, nous faisons toutes les deux les clowns pour le faire rire. Il a grandi trop vite et est vraiment à croquer. Le portrait craché de sa maman.

Je remarque la tête que fait Mina uniquement lorsqu'elle s'assoit près de nous sur le canapé. Et là je comprends tout de suite. Je lève les mains en l'air comme une voleuse prise la main dans le sac.

— Je vais vous expliquer !

— Oh oui, explique-nous vite ! Toi, tu lis le Coran ?

À peine cette question sortie de la bouche de Mina que Fanny me fixe les yeux écarquillés. Il faut vraiment que je pense à le ranger quand je finis de lire. Le problème, c'est que je m'endors souvent avec.

— Oui, avoué-je en baissant la tête.

— Je n'y crois pas ! crie Mina.

Choquée, Fanny ne sait même pas quoi dire. Mina s'assoit sur le fauteuil en face de nous, stupéfaite.

— Explique-nous ! Tu le lis vraiment ? Depuis quand ?

— Ce n'est pas ce que vous croyez les filles.

Fanny sort enfin de son silence :

— On est censées croire quoi ? Et toi, tu crois en quoi ?

*Bonne question...*

Je secoue la tête. Trop d'interrogations à la fois, je ne sais même pas par où commencer.

— Je... Sachez d'abord que je ne sais pas moi-même où j'en suis. Je sais juste que Samy m'a beaucoup fait réfléchir sur divers sujets. Au départ, c'était l'alcool ou la cigarette. Puis le mariage et le sexe. On a également parlé de toutes ces choses qui n'ont à l'évidence pas pu se faire toutes seules.

— Toutes ces choses ? demande Mina en haussant un sourcil.

— Oui, la nature, la vie humaine… tout quoi ! Petit à petit je me posais des questions sur tous ces sujets et quand je suis revenue de Rome, j'ai voulu creuser un peu. En tout cas, je n'ai pas fait tout ça pour lui. C'est important que vous le sachiez.

— Mais alors pour qui ? me questionne Fanny.

— Pour moi, voyons ! Je voulais savoir et… j'avoue que lire me fait du bien.

Un long silence s'installe. Elles tombent des nues et je les comprends. Moi qui ai toujours été contre les religions et tout ce qui s'en approche.

— Mais alors… Tu crois en Dieu ? demande Fanny toujours aussi surprise.

— Je n'en sais rien ! soupiré-je. Honnêtement, je ne sais pas quoi penser de tout ça. Je voulais justement que tout soit plus clair dans ma tête avant de vous en parler.

J'ai l'étrange impression qu'elles sont déçues. Je ne saurais comment l'expliquer mais leur réaction est vraiment étonnante. Je sais qu'elles sont surprises mais elles n'ont pas l'air ravies et ne tentent pas de me pousser à continuer dans cette voie. Elles ont pourtant souvent tenté de me convaincre que Dieu existait. Est-ce pour cela qu'elles réagissent ainsi ? Sont-elles vexées que je n'ai pas pris le temps de les écouter toutes ces années ?

J'ai beau essayer de leur apporter toutes les explications possibles et imaginables, je sais qu'elles ne me croiraient pas. Je sais qu'au fond, elles pensent que je fais tout ça pour lui.

Nous continuons tout de même cette discussion sur la religion et l'étonnement qui transparaît à travers leur visage met du temps à se dissiper.

J'en reviens comme toujours à parler de Samy, qui ne quitte plus mes pensées depuis cette révélation que j'ai eue l'autre soir.

— Tu sais ce que j'en pense moi ? s'écrit Fanny en se levant pour brancher son portable à mon lecteur.

La musique de Aventura — *Obsesión* démarre et elle se met à chanter (ou crier ?)

*No es amor, no es amor, es un obsesión* (Non ce n'est pas de l'amour, c'est une obsession).

Mina se lève pour se joindre à elle et je me mets d'emblée à rire. C'était sûr que je n'échapperais pas à notre fameux rituel. Dès que l'une de nous déprime, chanter nous permet de nous évader. Ou juste pour s'amuser, parfois. Celle-là est notre préférée depuis le lycée. On la connaît sur le bout des doigts ! Lors du refrain, je me force à me lever pour les rejoindre et nous chantons comme lorsque nous étions gamines.

Nous nous passons le micro imaginaire à chaque couplet, puis nous hurlons le refrain en cœur. Nous rions. Je ris beaucoup. Ça marche à tous les coups !

C'est ainsi que nous terminons la journée. Finies les conversations déprimantes et les explications. Nous enchaînons les musiques, transformant mon salon en véritable karaoké.

# Chapitre 18

Nous pouvons entendre les bruits des couverts s'entrechoquer tellement l'endroit est chic et silencieux. Je me bats avec les légumes coupés en dés dans mon assiette. Je me suis pourtant forcée à manger la moitié de mon plat pour lui faire plaisir mais là, je cale. C'est ce qu'il y a de bien avec les restaurants cinq étoiles, il n'y a quasiment rien dans l'assiette mais on se régale.

Mon père a voulu faire les choses en grand pour notre premier dîner de retrouvailles mais on n'a tellement rien à se dire que je suis sûre qu'il regrette de ne pas avoir choisi un endroit un peu plus animé. En réalité, il m'a posé plusieurs questions mais j'avoue être assez vague. Je n'aurais pas dû accepter de le voir si tôt étant donné les circonstances mais, encore une fois, je ne voulais pas qu'il pense que je regrettais d'être revenue vers lui.

Quand je lève enfin les yeux de mon assiette, il me sourit mais semble aussi gêné que moi. Il a vraiment beaucoup changé. Le contour de ses yeux bleus est beaucoup plus ridé et le brun de ses cheveux a quasiment disparu. En tout cas, il reste un très bel homme ! Nos regards ne se lâchent pas alors je cherche quelque chose à dire.

— Et alors, ta boutique marche bien, tu as du monde ?

Ma voix est tremblante. Je ne sais pas si c'est à cause de mon état général de ces derniers jours ou le fait que je parle à un inconnu. C'est ça, je dîne avec un parfait inconnu, finalement. Dix ans qu'on ne se voit pas, qu'on ne se dit pas un mot. Mis à part toutes ces lettres qu'il m'a écrites, environ trois par an. Une pour chaque anniversaire, une pour chaque Noël et une autre juste comme ça, pour me dire que je lui manquais. Je pense au manque, à la douleur qu'il devait ressentir. Celle que je ressens chaque jour, moi aussi.

Papa me répond que sa chocolaterie fonctionne mieux qu'il ne l'aurait imaginé et il me raconte sa création il y a quelques années. Il a des étoiles plein les yeux quand il en parle ! Il s'aperçoit que son histoire m'intéresse car il continue de développer à ce sujet.

— Et toi ma chérie, raconte-moi. Tout ce que tu veux, je veux tout savoir.

Le fait qu'il me nomme ainsi me met légèrement mal à l'aise mais je ne le fais pas remarquer. C'est comme ça qu'il nous appelait ma mère et moi. Avant.

— Mon nouveau boulot se passe vraiment bien, réponds-je. Pour l'instant, je m'occupe de retravailler des photos, de créer des albums...

Il sourit, l'air intéressé alors je continue en lui décrivant mes journées en détail et il me pose des milliards de questions auxquelles je réponds avec plaisir.

— Et sinon tu... tu as quelqu'un dans ta vie ?

Mon mal-être réapparaît. Je secoue la tête et fais tout pour retenir mes larmes, ce qu'il remarque tout de suite.

— Excuse-moi, dit-il embarrassé. Je n'aurais pas dû...

— Non ça va. Je sors d'une histoire compliquée.

Lentement, il opine de la tête.

— Et si on y allait ? demande-t-il vivement.

Je hausse les sourcils de surprise. Nous venons à peine de finir nos plats !

— Si on prenait le dessert ailleurs ? propose-t-il. J'ai bien envie d'une bonne crêpe avec plein de chocolat ! Je ne sais pas toi mais…, chuchote-t-il en regardant autour de lui. J'ai une faim de loup !

J'éclate de rire avant de hocher la tête.

J'apprécie le fait qu'il change de sujet sans tenter d'en savoir plus. C'était déjà comme ça avant. Maman s'immisçait sans cesse dans ma vie et papa me sauvait la mise.

J'ai encore envie de pleurer mais plus pour les mêmes raisons, cette fois. Pour ces souvenirs en famille que j'ai tant bien que mal essayé d'oublier durant toutes ces années.

L'Emy qui n'arrête pas de chialer commence sérieusement à m'agacer.

*Est-ce que ça va s'arrêter un jour ?!*

Papa paie l'addition et me propose de marcher jusqu'à une crêperie, pas loin. Nous discutons longuement à propos de l'architecture des appartements qui longent la rue nous menant à Montmartre et je comprends soudainement d'où me vient cette fascination.

Je m'arrête une minute en me revoyant l'année dernière dans cette rue. Le casque sur les oreilles, le cœur débordant d'amour, je vivais ma passion de la manière la plus intense possible et imaginable.

Mes copines *les larmes* reviennent et je rattrape mon père en me disant qu'il faut que je fasse une liste de ce que je dois éliminer dans ma vie pour ne plus penser à lui : les lieux de Paris où nous sommes allés ensemble comme ici, la guitare, toutes les musiques écoutées ensemble (mince, il y en a un paquet !), mes mini-jupes (va savoir pourquoi !), mon tatouage (ça va être compliqué)…

— Ça te va ici ?

Heureusement, mon père me sort de ma liste interminable. En fait, il faut plutôt que j'en fasse une qui ne me fait pas penser à lui.

Nous entrons dans la crêperie et l'ambiance beaucoup plus jeune et animée nous détend.

*C'était vraiment une bonne idée !*

Nous dévorons nos desserts avec un bon verre de cidre et je ris à ses blagues, même ridicules. Je ris à en pleurer, de joie cette fois !

— Il faut que tu te recycles ! le taquiné-je.

— Hé merde, je ne pensais pas que tu t'en souviendrais de celle-là.

Mon père finit par reprendre son sérieux au bout d'une dizaine de blagues.

— Emy, je voudrais savoir, si tu veux bien me répondre bien sûr… Il y a une raison pour que tu reviennes vers moi ? Je veux dire… pourquoi maintenant ?

— Il y en a une oui.

À rajouter dans ma liste : ne plus penser à la raison qui fait que je reparle à mon père. Je me surprends à lui dire la vérité. Car je sais qu'il n'insistera pas. Je sais qu'il respectera ma décision.

— Je t'en parlerai un jour, quand je serai prête… d'accord ?

— Bien sûr.

Un large sourire aux lèvres, il lève son verre en l'air.

— Peu importe la raison, tu as remis du soleil dans ma vie. À nous !

Je secoue la tête avant de l'imiter.

— À nous.

Nous finissons notre boisson avant d'en recommander. Je suis contente de voir qu'il compte prolonger un peu la soirée. Je n'ai pas envie de le quitter, finalement. J'aime l'apaisement que je ressens quand je suis avec lui. J'en ai besoin plus que jamais et je crois bien qu'il l'a compris.

# Chapitre 19

La semaine suivante en retournant au boulot, je me suis sentie mal. Un peu paniquée à l'idée de tomber sur Noah après mon épisode de folie, dans ce pub. Comment pourrais-je ne pas avoir honte ? J'espère juste qu'il n'en a parlé à personne.

En attendant, Léon m'a félicitée pour mon travail sur les photos de Lyon et m'en a redonné d'importantes sur lesquelles je dois travailler.

— C'est pour un grand magazine, Emy ! m'a-t-il précisé avant de me déposer le dossier.

Il a sans doute remarqué ma tristesse depuis le début de semaine mais n'a posé aucune question ni fait aucune remarque, ce que j'apprécie particulièrement.

Anna aussi s'est faite très discrète. Elle m'a juste demandé deux ou trois fois si ça allait avec son regard de chien battu mais c'est tout. J'ai néanmoins accepté de déjeuner avec elle afin de ne pas trop faire l'insociable.

Arrivées au dessert sans avoir échangé plus de trois mots d'affilée, Anna se jette à l'eau :

— Emy ma jolie, tu m'inquiètes beaucoup… est-ce que ça va ?

Je hoche la tête en tentant de sourire.

— Aucun homme ne mérite que l'on soit si malheureuse pour lui.

Je lève les yeux de mon assiette pour la regarder. Elle a tout à fait raison et je suis la première à le penser. Je me déteste à l'idée d'être réduite à ça à cause d'un homme.

Moi qui ai toujours été si forte, je n'ai jamais compris qu'on puisse déprimer à cause d'une relation amoureuse. Je me trouve tellement pitoyable ! J'agis comme si ma vie était terminée. C'est ridicule mais c'est ce que je ressens. Impossible d'y échapper sauf le soir, quand je lis...

— Ça va aller, la rassuré-je. J'ai juste besoin de digérer.

Lorsque j'aperçois Noah à la machine à café, je prends mon courage en main et décide de l'affronter. Je ne peux pas continuer à l'esquiver comme ça ! Je m'excuse auprès d'Anna pour le rejoindre.

Bien que je n'aie aucune envie de lui parler, il faut que je m'excuse de mon comportement. Je ne supporte plus cette angoisse de le croiser à chaque fois que je vais aux toilettes ! Dès qu'il me voit arriver, il baisse les yeux au sol.

— Je t'offre un café ? demandé-je en penchant la tête pour capter son regard.

— Non merci.

Apparemment il a aussi honte que moi alors qu'il n'y est pour rien. Je ne vais pas tourner autour du pot et lui faire endurer encore plus cette gêne insupportable.

— Écoute Noah, je suis désolée. Je comprends tout à fait que tu décides de ne plus m'adresser la parole mais je tenais juste à te demander pardon pour mon comportement. Je suis complètement perdue ces derniers temps et tu n'as absolument rien à voir avec tout ça.

Il se décide enfin à lever les yeux.

— OK. Je ne suis pas sûr de comprendre mais j'accepte tes excuses.

Il m'adresse un léger sourire en coin. Je n'ai aucune envie de parler de cette partie de ma vie mais j'ai l'impression de ne pas avoir le choix. Je lui dois bien ça.

— Noah je vis… je sors d'une relation compliquée. Je souffre beaucoup et j'essayais juste de me sortir de tout ça. Tu es la seule personne qui m'a donné envie d'avoir confiance en l'avenir.

— Je suis désolé.

Je lui fais visiblement de la peine et il ne sait pas quoi dire.

— En tout cas tu es quelqu'un de génial et j'ai vraiment beaucoup aimé nos conversations ! J'ai voulu aller plus vite que la musique et je le regrette.

Il me sourit timidement.

— Je suis d'accord pour aller plus doucement.

*Oups*. Aurait-il compris que je voulais qu'on sorte ensemble ? D'ailleurs, qu'est-ce que je veux vraiment ? Oui je veux me sortir de tout ça mais je ne veux pas d'un autre homme dans ma vie. Il faut que je sois claire dès maintenant.

— Noah… c'est plus que doucement pour moi, tu sais. Je ne veux pas de relation, du moins pas pour l'instant. Je suis navrée.

— Oui j'ai bien compris. Et je t'avoue que je n'en veux pas non plus avec une fille dont le cœur appartient à un autre.

Ce qu'il vient de dire me noue la gorge. Il a vu juste, mon cœur appartient totalement à cet homme qui ne veut pas de moi.

— Quand je dis aller doucement, c'est apprendre à se connaître, être amis. Enfin, si tu veux bien ?

— Bien sûr, Noah ! Je ne demande que ça.

— Alors ça me va.

Cette fois, il m'adresse un large sourire et notre gêne mutuelle a enfin disparu. Il accepte finalement que je lui offre un café et nous terminons notre pause en discutant de mes dossiers en cours. Il me donne généreusement de nombreux conseils d'expert que j'apprécie.

Je me sens soulagée d'un poids malgré cette douleur profonde et incompréhensible qui ne me quitte pas.

# Chapitre 20

Je prends une dizaine de photos du grand buffet installé dans le hall d'accueil. Des centaines de petits fours de toutes sortes ornent les longues tables blanches. Il y a aussi un petit coin bar avec des boissons à volonté et même deux charmants serveurs en costume.

*Le patron ne s'est pas foutu du monde cette année !*

Je prends plusieurs clichés très naturels de tous ces collègues en train de rire et de profiter du moment.

— Cela fait vraiment plaisir de vous avoir parmi nous, Emilie !

Edward me sourit chaleureusement en dégustant son petit four, un verre de champagne dans l'autre main.

— Le plaisir est partagé, réponds-je en souriant.

Et je le pense vraiment. Même si je ressens une sensation étrange de me retrouver dans les locaux de mon ancien travail, je suis ravie de retrouver tous mes collègues.

Quand Edward m'a appelée pour me proposer d'être la photographe du séminaire annuel, j'ai tout de suite eu la boule au ventre rien qu'à l'idée de revoir Samy. Je n'ai pas du tout pensé au stress et à la responsabilité d'être la photographe officielle d'un événement aussi important. Non, j'ai juste pensé à lui.

J'ai donc répondu à Edward que j'allais réfléchir et j'ai longuement hésité avant que Mika ne m'assure qu'il ne serait pas présent aujourd'hui. J'ai ensuite accepté la demande tout en étant rassurée et déçue à la fois. Deux sentiments opposés que je n'arrive pas à comprendre.

Mika et Stella me rejoignent, tout excités que je sois là. Mon ancienne collègue me tend son assiette pleine de nourriture.

— La photographe a le droit de manger aussi ! plaisante-t-elle.

— Et de boire à volonté ! s'exclame Mika en me tendant une coupe de champagne.

J'attrape un petit four et fais un geste de la main à Mika pour décliner le verre. Il hausse un sourcil interrogateur.

— Pas durant mes heures de service ! me justifié-je. À moins que vous ne vouliez que vos photos ne soient déformées...

Sans insister, il fait oui de la tête. Je n'ai pas envie de leur expliquer mes changements récents de mode de vie. Surtout qu'il n'y a pas vraiment d'explication à tout ça. Je suis pourtant bien obligée de leur avouer que j'ai arrêté de fumer quand ils me demandent pour la énième fois de sortir pour une pause clope. Ils n'en reviennent pas mais me félicitent en précisant qu'ils aimeraient arrêter aussi.

— Qu'est-ce qui t'a vraiment motivée ? me questionne Stella.

*Qu'est-ce qu'ils ont tous à poser cette question ?*

Mika observe discrètement ma réponse tout en buvant une gorgée de champagne. Je pense qu'il commence à se poser des questions. Il ne m'a pas reparlé du livre sur ma table de chevet mais là, je remarque qu'il s'interroge silencieusement.

— Ça faisait un moment que j'y pensais et je me suis décidée d'un coup, c'est tout.

Je mens. Je ne me suis jamais vraiment dit que j'arrêterais un jour. La cigarette était tellement vitale pour moi. Je ne peux pas dire que je ne ressens pas de manque de temps en temps mais ce n'est pas comme je l'aurais imaginé. Et puis la bonne nouvelle c'est que j'ai repris un peu de poids depuis que j'ai complètement arrêté de fumer.

*Pourquoi je dis que c'est une bonne nouvelle ?!*

Je ne mange pas plus que d'habitude au contraire, mais je compense beaucoup la cigarette avec des sucreries, du chocolat ou d'autres conneries du genre.

Le directeur général monte sur l'estrade pour démarrer son discours et j'en profite pour m'esquiver. Je fais un signe à mes deux anciens collègues en m'approchant un peu pour prendre des photos.

Une fois le défilé des différents directeurs de service et les longs discours sur les chiffres et objectifs de l'année achevés, je retourne vers le buffet mais Stella et Mika n'y sont plus. Je souris à l'idée qu'ils ont dû s'esquiver discrètement durant la conférence pour ne pas mourir d'ennui. Avant de les rejoindre, je décide de prendre encore quelques photos.

Je m'accroupis légèrement pour bien cadrer mon ancien chef qui serre la main aux invités quand quelqu'un derrière moi me surprend.

— Tu n'as plus besoin de musique à ce que je vois ?

Mes jambes flageolent et mon cœur se serre en entendant cette voix si familière. Impossible de me relever tellement je suis troublée.

*Non, ce n'est pas possible. Ça ne peut pas être lui.*

C'est sûrement encore l'une de mes ridicules hallucinations. Je croyais pourtant m'en être débarrassée. Les semaines après avoir appris que Samy avait une petite amie, je dormais et mangeais tellement peu que parfois j'avais l'impression de l'entendre ou même de le voir. *Ouais, une vraie folle !*

Heureusement, ça m'est passé, enfin je ne sais plus…

— Emilie ?

Lorsque cette voix se faufile à nouveau dans mes tympans et qu'une main se pose sur mon épaule, il n'y a plus aucun doute. Un frisson me parcourt tout le corps. Une seule personne me fait cet effet-là.

Lentement, je me relève et me retourne. Je frôle l'évanouissement en le voyant face à moi. Il est vraiment là, cette fois. Samy est debout devant moi. Son air inquiet s'efface pour laisser un petit sourire en coin s'échapper quand nos regards se croisent. Je laisse mon appareil photo accroché à mon cou retomber devant moi et je pose ma main sur la table du buffet pour m'aider à ne pas tomber dans les pommes.

Sam a pour réflexe de tendre son bras vers moi comme pour me retenir mais il ne me touche pas. Je baisse les yeux au sol sans réussir à le regarder dans les yeux plus longtemps.

— Tout va bien ? s'inquiète-t-il.

— Oui… euh… excuse-moi. Je suis ici depuis ce matin et…

— Viens t'asseoir.

Sa main frôle délicatement mon bras et il cherche mon regard en penchant la tête.

— Ça va aller… je… je dois finir ça, j'allais partir.

Impossible de déterminer si je suis soulagée ou si je souffre encore plus qu'il soit là. Tout se bouscule dans ma tête et je n'arrive toujours pas à affronter son regard. Je pose mon autre main sur mon front.

— Emilie, assieds-toi !

Son ton est devenu très ferme et cette fois, il m'attrape carrément le bras pour me forcer à m'asseoir sur une chaise, derrière moi. Il en attrape une autre pour s'asseoir juste en face.

Je respire calmement en regardant mes doigts entremêlés. Je me supplie de me calmer, d'être la plus naturelle possible mais mon corps a vraiment du mal à m'obéir.

*Allez Emy, reprends-toi merde !*

Je lève enfin le regard vers lui. *Dieu ce qu'il est beau.* Son teint est un peu plus mat, sûrement dû aux beaux jours. Sa barbe est plus longue mais bien rasée, ce qui lui donne un air à la fois négligé et classe. Oui, toujours aussi classe vêtu d'un pantalon pince en lin noir et une chemise blanche qui laisse légèrement entrevoir son torse.

Je secoue nerveusement la tête en baissant de nouveau les yeux.

— Tu... je pensais que tu ne viendrais pas.

— Effectivement je ne devais pas être là mais mon rendez-vous a été annulé, donc je suis passé.

Je ne réponds pas afin de reprendre mon souffle.

— Je vois que tu es devenue une vraie pro ! lâche-t-il.

— Disons que j'y travaille.

Nous nous regardons quelques secondes en souriant jusqu'à ce que je cède et baisse les yeux à nouveau.

— Je... j'y retourne.

Samy m'aide à me lever en posant sa main sur mon coude mais je la dégage immédiatement.

— Ça va aller, merci.

Je regarde autour de moi, cherchant mes amis mais je ne les trouve pas. Sans rien dire, je fais un signe à Sam pour lui indiquer que je sors prendre l'air.

En arrivant devant la sortie, je me retourne discrètement mais il n'est plus là. *Peut-être que je ne le reverrai plus ?*

Cette pensée me fait froid dans le dos.

Ce n'était vraiment pas une bonne idée de revenir. Je vais encore mettre des semaines pour me remettre de ça !

Dehors, je ne retrouve pas mes collègues mais je croise Edward qui me remercie d'être venue et je lui promets de lui transmettre rapidement les photos.

Avant de partir, je monte récupérer mes affaires dans mon ancien bureau. Je m'arrête une seconde en regardant autour de moi. Il y a tellement de souvenirs ici !

Quand j'entends un bruit au fond du couloir, j'attrape vite mes affaires pour repartir mais j'ai l'impression de reconnaître la voix de Mika. Je m'approche lentement et reste bouche bée face à la scène qui se déroule sous mes yeux. Stella et Mika en plein pelotage dans un coin.

*J'hallucine !*

Reculant le plus discrètement possible, j'étouffe un hoquet de surprise derrière ma main.

Une fois devant l'ascenseur, je ne peux m'empêcher de sourire en pensant à ces deux-là. Stella et Mika, ensemble ? Alors celle-là, on peut dire que je ne l'ai pas vu venir ! Comme quoi tout peut arriver.

Mon sourire se fane quand les portes de l'ascenseur s'ouvrent et que je tombe nez à nez avec Samy. Je reste figée sur place et ça me rappelle une scène que nous avons déjà vécue.

— Tu n'entres pas ? demande-t-il en se retenant de sourire.

— Et toi, tu ne sors pas ?

Il reste appuyé sur le bouton en attendant que je me décide.

— Entre Emy, c'est toi que je cherchais.

Sa révélation me va droit au cœur.

*Pourquoi ?!* Je me décide enfin à pénétrer dans la cabine en imaginant qu'il m'explique, mais rien. Nous gardons le silence jusqu'à la sortie du bâtiment. J'enfile ma veste en osant enfin poser mes yeux sur lui.

— Bon eh bien… ravie de t'avoir revu Sam !

— Moi aussi, répond-il en souriant. Je suis heureux de voir que tu vas bien.

Je ricane. Ce qu'il dit me donne envie de hurler. Mais je n'en laisse rien paraître.

— Qu'est-ce qu'il y a ? me demande-t-il tout de même.

— Rien.

Il me contemple jusqu'à ce que les portes s'ouvrent. J'aurais aimé que ce moment dure plus longtemps et je m'en veux de ressentir ça.

Sans perdre une minute de plus, je lui tourne le dos mais il m'attrape le bras pour me retenir et ce simple contact m'électrise. Néanmoins, je dégage vivement mon bras.

— Qu'est-ce que tu veux ? demandé-je en haussant le ton.

*Qu'est-ce qu'il veut à la fin ?* Pourquoi il ne va pas rejoindre sa pouf au lieu de me faire encore plus de mal ?

Sam me relâche en soupirant.

— Je voulais être sûr que tu étais bien mieux sans moi, c'est tout. Tu peux y aller maintenant.

Je devrais partir mais je n'y arrive pas. Je sais que je ne lui dois rien mais il doit savoir.

— Je ne vais pas mieux Sam ! braillé-je.

Son regard intense plonge dans le mien. Il ne le montre pas mais il est mal à l'aise, je le sens.

— On devrait aller discuter ailleurs, lance-t-il en jetant quelques coups d'œil autour de lui.

— Tu es sûr ? Je ne pense pas que ta petite amie soit d'accord.

Les yeux écarquillés, il me fixe sans rien dire.

— Tu es étonné que je sois au courant hein ?

Je fais mine d'être confiante mais je suis totalement dévastée de l'intérieur. Je m'attends à une explication ou qu'il me demande comment je suis au courant mais la seule chose qu'il arrive à me dire est :

— Je suis désolé.

Un mélange de sentiments horrible renaît en moi. J'ai envie de le gifler, de hurler. J'ai envie de pleurer et de partir en courant mais je me suis déjà trop ridiculisée aujourd'hui. Je me mords l'intérieur de la joue pour ne pas laisser ma tristesse prendre le dessus.

— Bonne continuation, murmuré-je en déglutissant douloureusement.

Je tourne les talons et repars jusqu'à ma voiture.

Sans que je ne puisse les contenir davantage, les larmes ruissellent sur mon visage. Je m'en veux tellement de me mettre à nouveau dans cet état pour lui !

Mais quand est-ce que ça va s'arrêter ? Je ne supporte plus cette douleur permanente qui ne me quitte que pendant mon sommeil, et encore. Cette fois c'est sûr, je me promets de tout faire pour ne plus jamais avoir à le recroiser.

Arrivée au parking, je sens une présence derrière moi.

*Oh non, pourvu qu'il ne m'ait pas suivie.* Je ne veux surtout pas qu'il me voie dans cet état pitoyable !

— Emy…

*Eh merde !*

Je passe rapidement mes doigts sur mes joues pour tenter de sécher mes larmes et me retourne très légèrement de profil afin qu'il ne distingue pas complètement mon visage.

— Tu as oublié ça, m'informe-t-il en me tendant mon appareil photo.

D'une main, j'attrape vivement l'objet et tente d'ouvrir ma portière quand il pose ses mains sur mes épaules pour me retourner. Je le laisse faire mais détourne le visage sur le côté.

— Emy, regarde-moi.

Je peux sentir sa pitié rien qu'au son de sa voix. Je l'ignore en tentant de me retourner mais il me force à lui faire face en serrant ses paumes. Baissant la tête, je le repousse violemment.

— Dégage !

Je m'attends à ce qu'il fasse demi-tour sur-le-champ, mais il se rapproche une nouvelle fois de moi et m'enlace en passant ses bras autour de mon cou et en posant fermement sa main derrière ma tête.

— Non ! hurlé-je.

Je tente de me débattre en lui donnant carrément des coups sur le torse jusqu'à ce que je ne tienne plus. Cet apaisement, cet état de bien-être que je ressens m'en empêche. Ça fait trop longtemps, bien trop longtemps que je ne me sens pas aussi bien. Je sais que je vais m'en vouloir et souffrir davantage mais je n'arrive pas à faire autrement. Et c'est ainsi que telle une idiote, je passe doucement mes bras autour de sa taille et pose ma tête sur son torse en fermant les yeux.

Il est évident que je suis faible. Bien plus qu'il ne le saura jamais. Après avoir tenu toutes ses semaines sans revenir vers lui délibérément, je me laisse de nouveau aller vers ce qui m'apaise et me détruit en même temps.

Je retombe dans ses bras.

# Chapitre 21

— Tu nous sers à boire ? demande-t-il.

Je n'ai aucune envie de me lever. Je veux profiter de ce moment le plus longtemps possible. À moitié allongée sur son corps nu, sa jambe prisonnière entre les miennes, mon visage enfoui dans son cou. Cette odeur… je la savoure telle une drogue. Sam me caresse délicatement les cheveux et j'ai l'impression d'être dans l'un de ces rêves que j'ai tant ressassés.

— Je meurs de soif, insiste-t-il.

— On est chez toi, je te signale.

— Chez moi ou pas tu restes la femme.

Je relève la tête pour le regarder, faisant mine d'être choquée.

— Pour moi ça sera un verre de jus d'orange…

Tandis qu'il pointe son menton vers la porte comme pour m'indiquer la direction en se mordant la lèvre pour ne pas rire, j'enfile sa chemise en faisant la moue. Mais alors que je me dirige vers la cuisine sous son regard de braise, j'en profite pour rouler des fesses. Ce qui me donne droit à un grand éclat de rire qui vient ricocher dans ma poitrine pour se perdre à l'intérieur.

C'est dingue ce qu'il m'a manqué ! Je sais que je n'aurais pas dû retourner dans ses bras. J'ai refait un pas en arrière et je vais sûrement encore souffrir à en mourir mais je n'ai pas réussi à faire autrement. Une fois que nous nous sommes lâchés dans le parking de mon ancien boulot, c'était une évidence autant pour moi que pour lui. On avait besoin de se retrouver ! Je sais que c'est mal, surtout maintenant qu'il est pris. Ce tiraillement au ventre qui avait disparu depuis quelques heures réapparaît tel un coup de massue.

De retour dans la chambre, je lui tends son verre avant de me remettre près de lui, sous le drap. Je me place sur le côté et il fait de même pour se retrouver face à moi.

— Tu as pris du poids, déclare-t-il.

J'écarquille les yeux et ouvre grand la bouche.

— Tu pourrais au moins…

Il pose son doigt sur mes lèvres pour m'empêcher de finir ma phrase.

— Je te trouve très bien comme ça.

Mon cœur s'enflamme. Je n'arrive pas à croire qu'il m'ait dit une telle chose. Samy n'est pas vraiment un homme à compliments. Je passe une mèche de cheveux derrière mon oreille et le remercie timidement.

Habituellement je lui aurais sauté dessus, et ce n'est pas l'envie qui m'en manque mais ma raison reprend le dessus depuis que j'ai repensé à elle. Sa nouvelle petite amie. Deviendrais-je mi-figue mi-raison tout comme lui ?

— Et elle, elle est comment ?

Je pensais que ma question le gênerait mais il continue de me fixer sans réelle réaction. Évidemment, j'ai peur de la réponse mais je dois en savoir plus.

— Qui donc ?

Il hausse un sourcil et me sourit légèrement, l'air moqueur. Il sait très bien de qui je veux parler.

— La chanceuse qui a réussi à voler ton cœur.

Je tressaille. Depuis que je suis au courant, je n'ai pas cessé d'envier cette femme qui a la chance de partager sa vie.

— Oh cette fille, répond-il nonchalamment. Elle est très belle.

Le cœur serré et la gorge nouée, je tente de n'afficher aucune émotion. Je hoche simplement la tête en attendant la suite.

— Elle est brune, m'informe-t-il.

Je m'apprête à lui dire d'arrêter quand il pose son index sur mon nez qu'il fait courir jusqu'à mes lèvres.

— Elle a un tout petit nez en trompette et des lèvres charnues, murmure-t-il. Mais ce que je préfère chez elle, renchérit-il en attrapant une mèche de mon front. Ce sont ses cheveux.

Toutes les parcelles de mon corps se mettent à vibrer quand je comprends alors qu'il parle de moi.

*Enfin... C'est bien de moi dont il parle là, non ?!*

Malgré ses gestes clairs, j'ai du mal à croire qu'il pense réellement tout ce qu'il vient de dire. En plus, j'ai toujours détesté mon nez !

— À quoi tu joues ? demandé-je la voix tremblante. Ne cherche pas à me faire du mal s'il te plaît.

— As-tu déjà eu l'impression que mon but était de te faire du mal ? s'énerve-t-il.

Non, bien évidemment que non. Il a tellement fait pour moi, que ce soit m'aider à reprendre confiance en moi ou renouer avec mon père. Je sais qu'il n'a jamais cherché à me faire du mal. Pas intentionnellement, du moins.

— Alors pourquoi me dire tout ça ?

— Tu m'as demandé qui avait volé mon cœur...

*Seigneur je vais mourir.*

— Mais... je ne comprends pas..., bredouillé-je.

— Il n'y a personne d'autre Emilie. J'ai tenté de passer à autre chose, c'est vrai. J'ai rencontré des femmes qui partageaient toutes mes croyances et mon mode de vie mais… aucune ne me faisait l'effet que tu me fais.

J'en ai les larmes aux yeux. Je comprends totalement ce qu'il veut dire étant donné que j'ai vécu exactement la même chose.

— Alors qui était cette femme ? demandé-je tout de même.

— Une femme sans importance. Ça n'a duré que trois semaines.

J'ai envie de sauter de joie mais évidemment, je ne le fais pas. C'est tellement rare qu'il me parle à cœur ouvert comme ça. Je veux qu'il m'en dise plus.

— Tu veux dire que tu n'as pas réussi à m'oublier durant ces derniers mois ?

Sans me lâcher des yeux, il inspire lentement par les narines.

— Pas une seule minute, souffle-t-il.

Mon cœur est au bord de l'explosion. Je pose ma main sur ma bouche et ferme les yeux. Samy est réellement en train de me dire tout ça ?

Il n'a jamais été aussi doux dans ses paroles, même quand on faisait semblant à Rome.

— Alors pourquoi tu n'es pas revenu vers moi, Sam. Pourquoi ?

Son sourire s'efface et son regard s'assombrit.

— J'en avais envie Emy mais je me suis promis de te laisser tranquille. Te voir dans cet état, souffrir par ma faute. Je me suis dit que l'on passerait à autre chose sans nouvelles de l'un et de l'autre. Quand Edward m'a dit que tu venais faire les photos du séminaire j'ai tout de suite inventé une excuse pour ne pas être là…

— Mais tu es venu…

— Oui, répond-il en posant sa main sur ma joue. Ma raison me poussait à ne pas le faire mais je voulais tellement te revoir que j'ai réussi à la convaincre que c'était uniquement pour être sûr que tu allais bien. Je savais que ça m'aiderait à t'oublier de savoir que tu étais passé à autre chose, tu vois ?

Je hoche doucement la tête. Je suis tellement troublée par toutes ces révélations que je ne sais même pas quoi dire. Ça tombe bien car j'ai droit à un Samy bavard aujourd'hui. Un Sam que j'aime encore plus.

— Quand je suis arrivé, poursuit-il. J'ai vu que tu avais pris du poids, que tu étais sûre de toi en prenant tes photos. J'étais à la fois heureux et déçu que tu sois passée à autre chose. Puis quand j'ai vu que je te manquais, je t'avoue que j'étais plus soulagé qu'autre chose. Je ne suis qu'un égoïste Emy, je te demande pardon. J'espère qu'Allah me pardonnera également.

Je me redresse pour poser mes mains autour de son visage, assombri par la tristesse. Et la culpabilité.

— Bien sûr que oui Sam, Dieu est bon et miséricordieux !

Surpris, il hausse les sourcils et écarquille les yeux.

— D'où tu sors ça ?

J'aimerais lui parler de mes recherches et de cette possibilité que je croie en Dieu mais je ne préfère pas. Pas maintenant. Je veux être sûre de moi avant et je ne veux surtout pas qu'il s'imagine que j'ai fait tout ça pour lui.

— C'est ce que Mina dit tout le temps, réponds-je en haussant les épaules.

À cela, il en profite pour me demander comment vont mes amies. J'évite de lui dire qu'elles le détestent et lui raconte comment elles ont été là pour moi ces derniers temps. Je lui parle de mon nouveau travail et il sourit en m'écoutant raconter à quel point ça me plaît. Il a du mal à me croire quand je lui dis que j'ai revu mon père, trois fois déjà.

— Tu vois, tu es mon héros…

Bizarrement, il ne s'énerve pas, cette fois. Sam a toujours détesté que je l'appelle ainsi. Il se contente de sourire avant de me déposer un baiser délicat sur le coin de la lèvre.

— Je vais me doucher, prépare le déjeuner, m'ordonne-t-il en se levant.

Son autorité ne m'agace pas le moins du monde. Je sautille de bonheur en lui obéissant sans la moindre contestation. Je nous prépare une bonne omelette au fromage en chantonnant, comme si de rien était. Comme si on était un couple ordinaire, sans accord préalable cette fois. De manière totalement naturelle.

Je tente de calmer mon excitation car je sais que ce bonheur est passager mais je me sens tellement bien que j'opte pour autre chose : en profiter, quitte à en souffrir.

# Chapitre 22

Le patron du restaurant nous fait l'une de ses fameuses blagues qu'il a l'habitude de faire après nous avoir gentiment offert un verre. Fanny dit toujours qu'il est adorable mais c'est surtout un très bon commercial. Nous éclatons de rire pour la énième fois depuis notre arrivée.

— Ça fait du bien de te voir comme ça Emy ! s'exclame Mina.

Fanny hoche la tête en signe d'accord.

— Tu vois, le temps efface la douleur, renchérit cette dernière.

Sans rien dire, je bois une gorgée de mon cocktail sans alcool. Ça fait déjà trois semaines que je revois Samy mais je n'ai pas encore eu l'occasion de le leur dire. Bon d'accord, je n'ai pas eu envie de le faire. Comme je le redoutais, vu la manière dont elles me scrutent, je suis en train de me faire griller.

— Attends, attends… tu as rencontré quelqu'un ? m'interroge Mina un grand sourire aux lèvres.

Je pose ma main sur la jambe de Fanny qui commençait déjà à gigoter comme une sauterelle.

— Non les filles, du calme ! Je n'ai rencontré personne.

Sous leur regard inquisiteur, je bois une nouvelle gorgée avant de continuer :

— Du moins personne de nouveau…

En voyant leur air surpris (ou plutôt énervé ?), mon visage se crispe.

— Quoi ? s'écrit Fanny.

— Non, tu te fiches de nous ? hurle Mina.

J'opte pour énervées.

— Je vais vous expliquer, ce n'est pas pareil cette fois.

— Oh non ce n'est pas vrai ! s'exclame Fanny.

Elles ouvrent simultanément grand la bouche et posent leurs mains sur leur tête comme si je venais de leur apprendre que j'étais condamnée.

Durant quelques minutes, je les laisse m'enchaîner sans rien dire « pourquoi tu ne nous as rien dit », « il se sert de toi ! », « Tu vas encore souffrir », et j'en passe.

Voilà pourquoi je ne leur en avais pas parlé avant.

— C'est bon, vous avez fini ?

Les sourcils froncés, elles me fixent de leur regard noir. Fanny croise carrément les bras en affichant son air autoritaire, comme quand elle gronde ses enfants. *Je rêve !*

— Écoutez les filles, commencé-je. Je sais ce que vous en pensez mais je vous assure que cette fois c'est différent.

— En quoi est-ce différent ? s'exclame Fanny. Vous avez une relation sans avenir !

Je regarde autour de moi et demande à mon amie de parler moins fort.

— Bah oui, tout est différent maintenant, lance Mina.

Son ton est ironique et je sais très bien ce qu'elle veut dire par là mais je la questionne tout de même :

— De quoi tu parles Mina ?

— Tu crois qu'on ne t'a pas vu venir ? T'arrêtes de boire et de fumer, tu lis le Coran…

— Arrête tout de suite, la coupé-je. Je ne suis pas une hypocrite, OK ? Je n'ai pas fait tout ça pour lui !

— Non bien sûr…

Fanny nous arrête en levant les mains vers nous et je suis étonnée qu'elle ne l'ait pas fait plus tôt.

— Du calme, les filles, tente-t-elle de temporiser malgré sa colère. Emy, tu sais qu'on ne veut que ton bien !

— Mon bien, c'est lui ! déclaré-je en levant le ton. Vous ne pouvez pas comprendre.

Mina regarde sur le côté les bras croisés et je fais de même comme une gamine qui boude. Je regrette de ne plus fumer juste pour sortir m'aérer l'esprit seule quelques minutes. C'est ce que je faisais tout le temps avant. Non pas qu'on se dispute souvent mais ça arrive qu'on ne soit pas d'accord.

Comme à son habitude, Fanny reprend son calme. Quant à moi j'ai envie de tout casser, là !

— Emy, on comprend que tu sois amoureuse mais de là à t'intéresser à la religion juste pour lui ?

*Non, elle ne va pas s'y mettre, elle aussi ?!*

Si même *madame positive attitude* ne me croit pas alors je ne sais plus quoi faire. J'attrape la serviette de mes genoux pour la jeter sur la table avant de me lever.

— Je n'ai pas fait tout ça pour lui, merde ! Mais pour qui vous me prenez ?

Cigarette ou pas, je sors prendre l'air. C'est exactement la raison pour laquelle je ne voulais parler de ça à personne, même pas à Sam. Je sais pertinemment ce que les gens vont penser. Je l'ai tout de suite su quand Mika a trouvé le livre dans ma chambre. Mais là, il s'agit de mes deux meilleures amies. Ça me fait mal qu'elles voient les choses de cette manière.

Je m'assois sur une chaise en terrasse devant le restaurant et, à défaut d'une cigarette, je sors une sucette de ma poche. Je soupire bruyamment et réfléchis à la situation. Je ne peux pas leur en vouloir, tout ça est si compliqué à comprendre.

Après quelques minutes, je retourne les rejoindre sans dire un mot. Elles boudent encore. *De vraies gamines putain!*

Je respire un bon coup avant de commencer le discours que j'ai tenté de préparer rapidement en savourant ma sucette à la fraise.

— Les filles. Je sais que tout ça paraît absurde mais ne me jugez pas trop vite. Je me suis intéressée à la religion quand je suis revenue de Rome, c'était déjà fini avec Sam. Oui, peut-être que lire le Coran me faisait quelque part penser à lui mais je m'y suis sincèrement intéressée. Il m'a beaucoup apporté.

Calmement, je leur explique que Samy n'est pas du tout au courant et que nous avons toujours cette relation instable.

— Mais alors, vous êtes ensemble ou pas ? demande Fanny totalement perdue.

— Non, c'est comme avant. On évite le sujet concernant le futur et on passe du bon temps. Je ne lui en parlerais pas tant que je ne serai pas sûre de moi.

Mina ne dit toujours rien alors je cherche son regard en lui demandant :

— Ça ne te fait pas plaisir que je m'intéresse à ta religion ?

— Ce n'est pas ça Emy, soupire-t-elle. Dans d'autres conditions, évidemment que oui mais là... j'ai tellement peur que tu te fasses manipuler ! Il t'a déjà tellement changée et voilà que maintenant tu crois en Dieu ? Non pire, tu t'intéresses à l'Islam ?

Je comprends totalement ce qu'elle veut dire. Mina a toujours été très ouverte et je ne lui ai jamais caché ce que je pensais de tout ça.

— Mais j'ai changé en bien, non ? les questionné-je en les regardant l'une après l'autre.

— Pas quand tu pleures à cause de lui, dit Fanny.

Je baisse les yeux et Mina pose ma main sur la mienne.

— Emy, c'est déjà tellement dur même quand on partage les mêmes croyances !

Son regard s'assombrit et je prends conscience que je ne leur ai même pas demandé comment elles allaient. Mina nous raconte alors à quel point c'est toujours aussi difficile avec son mari et qu'elle appréhende de plus en plus leur départ loin de leurs proches. Ça me fend le cœur quand elle nous avoue ne pas être heureuse.

— Vivre avec un musulman c'est déjà tellement compliqué pour nous. Tu ne peux pas l'envisager Emy, tu vas gâcher ta vie !

Je n'ai pas envie de la contredire mais Sam n'est pas comme ça. Je veux dire, oui il est autoritaire et dur, mais pas comme elle l'imagine. Je tente de changer de sujet et la conversation vire au positif quand elle se met à nous parler d'Adam.

# Chapitre 23

— Oui maman, promis.

Samy me chatouille avec des petits baisers dans le cou pendant que je tente de rester sérieuse et de ne pas rire, le téléphone collé à l'oreille.

Allongés sur mon canapé depuis notre petit déjeuner, nous sommes encore à moitié nus en train de profiter de notre dimanche.

J'ai fini par décrocher au troisième appel de ma mère. Elle ne comprend pas que je ne sois pas passée la voir ces trois derniers week-ends mais lézarder toute la journée avec mon amant est bien plus tentant. Je finis par raccrocher en lui promettant de passer la voir la semaine prochaine. J'ai senti qu'elle s'inquiétait et je ne veux pas faire un pas en arrière avec elle. J'ai aimé nos derniers échanges sans disputes.

Sam se lève pour se servir un verre d'eau et j'en profite pour l'admirer.

— On sort aujourd'hui ? demandé-je.

Il s'arrête de boire et hausse un sourcil.

— Où veux-tu aller ?

Tout à coup, il semble mal à l'aise. Nous n'avons pas reparlé de notre relation depuis que nous nous sommes retrouvés. J'évite tout sujet qui puisse s'en rapprocher et j'ai remarqué qu'il faisait de même. Je sais qu'il faudra y venir un jour mais pour le moment, je ne peux pas. Mon cœur respire depuis que je l'ai retrouvé et je ne peux pas envisager de souffrir à nouveau.

Est-ce que le fait de vouloir sortir lui rappelle que nous ne sommes pas un couple ? Il n'a sûrement pas envie de prendre le risque que l'on nous voie ensemble.

— Non laisse tomber ! Et si on se matait un bon film plutôt ?

Sam se rapproche de moi et penche légèrement la tête.

— Où veux-tu aller ? répète-t-il.

Je souris. J'ai l'impression qu'on se comprend rien qu'en se regardant.

— Où tu veux...

En réalité, je me fiche de ce qu'on peut bien faire. Je souhaite juste passer du temps avec lui.

— OK prépare-toi.

Son ton est ferme et j'ai du mal à percevoir ce qu'il ressent mais le fait qu'il accepte que l'on sorte ensemble me fait plaisir. Je fonce prendre une douche avant qu'il ne change d'avis.

*\*\**

Je boucle ma ceinture quand il démarre son Audi grise. Elle n'a pas l'air neuve mais je ne l'avais jamais vue auparavant.

— Pas mal.

Il reste silencieux tout en fixant la route.

Comme à chaque fois que je sens un malaise poindre entre nous, je fais comme si je n'avais rien remarqué et change vite de sujet.

— Où va-t-on ?

— Faire ce que tu aimes faire le dimanche.

— Euh, c'est-à-dire ? demandé-je en fronçant les sourcils.

— Manger une glace.

Il se tourne légèrement vers moi pour m'adresser un sourire. Je n'ai pas le souvenir de lui avoir déjà dit que j'adorais flemmarder et juste sortir manger une glace le dimanche. Cet homme me surprendra toujours.

— Et discuter, continue-t-il.

*Merde.*

Mon cœur s'accélère de nouveau et une panique monte soudainement en moi.

*Parler de quoi, bon sang ?!*

De nous évidemment. Cette situation impossible qui, nous savons tous les deux, ne durera pas éternellement.

Je tente de lui répondre mais ma gorge est tellement serrée qu'il ne m'entend pas. Je toussote avant de répéter :

— On n'est pas obligés.

Sans répondre, il allume la radio. Le trajet n'est pas très long mais assez pour me monter des milliers de films dans ma tête. Il va me quitter encore une fois, c'est sûr. De toute façon je m'y attendais au fond. Même si je faisais tout pour écarter cette idée de ma tête et de profiter un maximum de sa présence, je savais que ce moment arriverait de nouveau.

Une fois arrivés, nous commandons deux cornets de glace après nous être installés à la terrasse d'un petit café près de la place de la Bastille. Malgré le nœud dans mon estomac, je m'efforce de manger.

— Tu aimes ? m'interroge-t-il.

Je hoche silencieusement la tête en me suppliant intérieurement de me calmer. Je n'ai pas envie de craquer et de me mettre à pleurer. Il se penche en avant et attrape mon menton pour relever mon visage et me forcer à le regarder.

— Tout va bien ? s'inquiète-t-il.

Je recule le visage afin qu'il ne puisse plus me toucher. Mon geste le surprend.

— Ça dépend de ce que tu as à me dire, dis-je sèchement.

À son tour, il s'adosse à sa chaise. Je continue de le fixer en tentant désespérément d'empêcher mes larmes de s'échapper.

— Tu te doutes bien de quoi je veux te parler, non ?

— Oui, soufflé-je.

Un léger sourire aux lèvres, il pose sa main sur la mienne avant de chuchoter :

— Tu vas me manquer bébé.

J'ouvre grand les yeux et retire violemment ma main de sous la sienne. *Est-ce qu'il se fout de moi ? Que cherche-t-il à faire en m'appelant comme ça ? Me faire souffrir encore plus ?*

J'hésite franchement à me lever et partir en courant mais je ne pourrais pas supporter que l'on se quitte ainsi.

— Pourquoi tu m'appelles comme ça ? braillé-je.

Son sourire se fane et ses traits durcissent.

— Qu'est-ce qui te prend ?

*Qu'est ce qui me prend non mais il est sérieux ?!*

Folle de rage, je me lève en sachant pertinemment que je ne partirai pas sans l'avoir supplié d'abord de ne pas me quitter. *Et bordel ce que je m'en veux d'être conne à ce point !*

À mon grand soulagement, il se lève également pour attraper fermement mon bras.

— Tu te rassois maintenant ! m'ordonne-t-il.

Je retire mon bras et m'exécute en tâchant de ne pas le regarder.

— Tu me déçois beaucoup Emilie, mais après tout, je ne sais pas à quoi je m'attendais d'une babtou ! lâche-t-il, irrité.

— D'une quoi ?

— Je sais que je ne suis pas parfait et que je ne respecte pas ma religion comme je le devrais mais là, je pensais que tu comprendrais !

Il sort son portefeuille et pose un billet sur la table avant de rajouter furieusement :

— Finis ta glace et je te ramène chez toi.

Tout se chamboule dans ma tête. Je tente de remettre les choses dans l'ordre mais je ne comprends pas sa réaction. *Comment ose-t-il dire que j'exagère et me remettre tout sur le dos ?*

Je tente de reprendre mon calme malgré mes hurlements intérieurs.

— Je sais que ta religion nous interdit d'être ensemble mais je ne suis pas un jouet Sam !

— Je ne t'ai jamais considérée comme tel.

— Et me quitter avec le sourire tout en m'appelant « bébé » c'est quoi ? aboyé-je.

— Il s'agit juste d'un mois Emy, je pensais que tu respecterais ça !

— Un mois ? répété-je surprise.

— Oui !

*Vient-il réellement de me demander de faire une pause ?*

Comme ça il pourra voir s'il trouve mieux ailleurs pour revenir ensuite en cas d'échec. Et bien sûr, je serai là comme une imbécile à l'accueillir les bras grands ouverts. Je ne sais pas encore si je vais pleurer ou hurler.

— Un mois, c'est le temps qu'il te faut ? le questionné-je.

Il hausse un sourcil et lâche un ricanement avant de répondre :

— Disons que ce n'est pas moi qui fixe le ramadan !

— Le ramadan ?

J'ouvre grand la bouche avant de poser ma main dessus.
*Merde.*

— Qu'est-ce que tu t'es encore imaginé ? soupire-t-il.

Comme très souvent quand je suis avec lui, je me sens
ridicule. Pourquoi j'imagine toujours le pire ?

— Que tu me quittais, avoué-je en me sentant rougir.

Sam inspire profondément avant de lâcher :

— Non, ce n'est pas d'actualité.

Un profond soulagement m'envahit à un tel point que
je me retiens de lui sauter dessus.

— Pardonne-moi, Sam, bien sûr que je respecte le
ramadan !

— Laisse tomber, c'est moi. Étant donné que tu as dîné
avec tes copines hier j'en ai déduit que Mina t'en avait
probablement parlé.

*Je n'en reviens pas qu'il s'excuse ! Enfin ce n'est pas vraiment
ce qu'il a fait mais bon.*

— Elle m'en a effectivement parlé mais je t'avoue que je
n'avais pas pensé au fait que l'on ne se verrait plus…

Il ne répond pas mais son air furieux d'il y a quelques
minutes a totalement disparu. Je relance doucement le
sujet :

— On ne peut plus se voir du tout ?

Je retrousse volontairement ma lèvre du bas en faisant
mine de bouder.

— Non Emy, je dois respecter au moins ça.

Tristement, il baisse les yeux. Il a l'air si vulnérable, c'est
rare de le voir ainsi. Je pose ma main sur la sienne.

— Samy, tu es un bon musulman. Tu es quelqu'un de
bien et c'est pour cette raison que je t'…

Il lève brusquement les yeux sur moi, ce qui m'empêche
de finir ma phrase. *Mince, ça allait sortir tout seul !*

— Explique-moi, murmuré-je.

Il sourit légèrement, comme à chaque fois que je lui demande des éclaircissements sur sa religion. J'ai l'impression que ça lui plaît que je m'y intéresse.

— Le ramadan est un pilier de l'Islam, tout comme la prière. Tu dois sûrement connaître les bases ?

— Oui, je sais que vous ne devez pas manger ni boire.

— Ça, c'est ce que les gens ont en tête mais ce n'est pas tout.

Tout en souriant, il penche la tête sur le côté et je place timidement une mèche de cheveux derrière mon oreille.

— J'ai bien compris qu'on ne pourrait pas non plus faire l'amour mais ça empêche que l'on se voie ? Je peux me retenir, tu sais.

Il rit avant de me fixer sérieusement.

— Le ramadan c'est aussi dans la tête, Emy. Le but est de faire encore plus d'efforts pour suivre les enseignements de l'islam et éviter tout mauvais comportement. Toutes les mauvaises pensées sont également à éviter…

— Oserais-tu dire que je suis une mauvaise pensée ?

Il sourit largement et je suis ravie de voir qu'il le prend comme ça. Nos conversations au sujet de la religion sont beaucoup plus ouvertes et claires. Il ne s'énerve plus comme avant en parlant de ses convictions.

— Disons qu'il n'y a pas que les activités sexuelles. Mais aussi toute pensée sexuelle.

— Oh.

— Emilie, tu sais que je ne passe pas du temps avec toi que pour ça, hein ?

Je fais oui de la tête. Il n'imagine même pas la sensation que me procure sa phrase. Je m'étais bien évidemment déjà rendu compte que l'on pouvait passer du bon temps sans forcément coucher ensemble mais ça me fait du bien de l'entendre le dire.

— Il me serait trop difficile de n'avoir aucune pensée en ta présence, admet-il.

— Je comprends Sam, je t'assure.

Il hausse légèrement un sourcil avant de secouer la tête.

— Tu comprends vraiment tous ces sacrifices ?

— C'est une loi de Dieu, c'est tout ce qu'il y a à comprendre, non ?

Encore une fois, ma réponse le laisse sans voix. Il réfléchit un instant avant de reprendre :

— Bien sûr mais il n'y a pas que ça. Le fait de jeûner est également un moyen de penser à ceux qui n'ont rien et qui meurent de faim. On prend alors conscience de la valeur des choses. C'est important.

Je n'avais jamais vu les choses de cette façon. Comme à chaque fois, son explication donne tout un sens. Je suis encore plus fière d'avoir pris la décision de faire le ramadan. Enfin, je me suis juste promis d'essayer. Je n'en ai bien évidemment pas parlé à mes amies et je ne compte surtout pas le faire.

— À quoi tu penses ? demande-t-il avec son sourire en coin qui me fait craquer.

— Rien de particulier.

Cette décision m'appartient.

# Chapitre 24

— C'est quoi une babtou ?

Je me pose la question depuis que nous sommes rentrés mais je ne voulais pas gâcher le dîner, surtout qu'il s'agit du dernier avant un bon petit moment. J'ai pensé à regarder la définition sur le net mais je voulais éviter de m'enflammer à nouveau au cas où elle ne me plairait pas. Vu son intonation, je me doute bien qu'il ne s'agissait pas d'une bonne chose.

Je fixe Samy en attendant une réponse mais il continue de regarder la télé en m'ignorant, l'air amusé. Il est assis sur mon canapé, concentré sur un match de foot, pendant que moi, je le contemple, allongée, mes jambes sur les siennes.

— Dis-le-moi, insisté-je en lui donnant un petit coup de pied sur la cuisse.

— C'est juste une expression, répond-il.

— Qui veut dire ?

Il lâche enfin la télé du regard pour me considérer.

— Blanc. C'est juste pour parler des Occidentaux.

J'aurais pu trouver ça bizarre il y a quelque temps mais je suis rassurée que ce ne soit que ça. Je lui caresse doucement la jambe avec mon pied mais il me bloque une fois arrivée à l'entrejambe.

— Arrête Emy.

— Pourquoi ?

Il hausse les épaules en continuant de fixer l'écran et je me relève pour m'asseoir près de lui.

— On ne va plus se voir pendant un mois, je pensais que tu voudrais qu'on en profite.

Il soupire l'air agacé alors je n'insiste pas. Je m'adosse de l'autre côté du canapé en tentant tant bien que mal de cacher ma déception. J'essaie vraiment de ne pas m'imaginer le pire comme à mon habitude mais c'est impossible. J'ai malgré tout besoin d'être rassurée. Je m'allonge totalement, les yeux fixés au plafond.

— Je ne t'attire plus comme avant ?

Je l'entends à nouveau soupirer. Il pose la télécommande sur la table basse et s'approche lentement avant de s'allonger totalement sur moi. Mon corps tout entier est à deux doigts d'exploser quand je sens son érection sur mon bas ventre.

— Ça répond à ta question ?

Il a à peine fini sa phrase que je l'ai déjà agrippé par le col de son polo pour coller ma bouche contre la sienne. Quand j'y introduis ma langue, c'est l'extase ! On s'est embrassés plusieurs fois de cette manière mais ce n'est tout de même pas habituel. C'est même plutôt rare, dans des moments passionnels et incontrôlables. Doucement, il met fin à ce baiser avant de se rasseoir face au téléviseur.

*Sérieusement ?!*

Mon excitation est à son summum, il ne peut pas me faire ça ! Je laisse ma timidité de côté et je saute sur ses genoux avant qu'il n'ait le temps de me voir arriver. Je pose mes mains derrière sa tête et l'embrasse tendrement dans le cou tout en me frottant contre lui.

— Humm… non Emy… s'il te plaît.

J'ignore ses paroles en continuant mon geste pour ne surtout pas faire descendre son excitation. Quand il attrape mes poignets, j'imagine, à mon grand désespoir qu'il veut arrêter là mais il se lève en me ramenant avec lui et pose fermement ses mains sur mes hanches avant de me soulever et me porter jusqu'à mon lit.

*** 

— Reste, le supplié-je.

J'ouvre mes yeux à moitié endormis pour l'observer se rhabiller.

— Pas cette fois.

— Je t'en prie…

Il se rallonge sur le ventre près de moi et attrape une mèche de mes cheveux.

— Je ne peux pas Emilie, lâche-t-il tristement.

— Pourquoi ?

— Tu sais pourquoi.

Je jette un œil à mon réveil et constate qu'il est à peine vingt-trois heures.

— Le ramadan ne commence que demain, l'informé-je.

— J'aimerais démarrer correctement.

J'acquiesce en lui caressant la joue et il appuie sa tête sur ma main en fermant les yeux. Ce simple geste fait que mon cœur s'enflamme. Mon Dieu, cet homme cessera-t-il un jour de me faire autant d'effet pour si peu ?

— Tu m'en veux ? demandé-je.

Il hausse un sourcil interrogateur.

— De t'avoir forcé la main, expliqué-je.

Sam rigole avant de prendre un air faussement sérieux.

— Oui, c'était dur mais si ça t'a fait plaisir alors tant mieux.

Il se marre et je lui tape sur l'épaule avant de l'accompagner dans son rire. J'ai envie de le prendre dans mes bras. J'ai envie de lui dire à quel point je l'aime.

*Bon sang, je l'aime tellement.*

— C'est que je me sens hypocrite, lâche-t-il. Le ramadan commence demain, je ne devrais pas profiter comme ça juste parce qu'on n'y est pas encore.

— Oui je comprends. Mais j'avais besoin de toi… ça va être dur tout ce temps sans se voir.

Sam secoue la tête en souriant légèrement.

— Quoi ? l'interrogé-je en fronçant le nez.

— Rien.

— Dis-moi Sam. Tu ne me dis jamais rien. À quoi tu pensais ? Dis-le-moi.

J'ai bien vu comment il me regardait. J'ai toujours espoir qu'il me dise quelque chose qui me fasse du bien mais je sais que je dois forcer pour ça. Peu importe. Qu'il me dise n'importe quoi. Je suis complètement folle je sais, mais j'en ai besoin.

— Je me demande juste qu'est-ce que tu fais avec moi.

Je le fixe, hésitante. Je n'ai pas envie d'entrer dans l'une de ces discussions sérieuses qui finira forcément mal. Je ne suis pas prête à le laisser partir une nouvelle fois alors oui je préfère ignorer cette situation et continuer comme ça. Peu importe les conséquences, je n'ai pas le choix. Ne voyant aucune réponse de ma part, il poursuit :

— C'est vrai, tu pourrais être avec un mec bien. Un babtou comme toi.

Il sourit mais impossible de le lui rendre tellement ses paroles me font mal.

— Quelqu'un qui te donne ce que tu veux.

— Et qu'est-ce que je veux à ton avis ?

— Comme toutes les femmes. Tu n'es peut-être pas une obsédée du mariage OK, mais tu veux une relation. Une vraie relation amoureuse... avec des vrais baisers et des mots d'amour.

Mon cœur s'accélère et je me refuse à nouveau de répondre. Je n'ai pas confiance en la tournure de cette conversation. Oh bien sûr que je rêve de tout ça. Chaque parcelle de mon corps vibre rien qu'à l'imaginer. Je garde le silence, morte de peur mais il insiste :

— Non ?

— Je n'ai jamais trouvé quelqu'un qui me donne envie de vivre ça.

Enfin à part lui bien sûr mais ça, je ne lui dirais pas.

Nous restons quelques secondes sans rien dire avant qu'il ne reprenne :

— Tu n'as jamais eu de longue relation amoureuse ?

Je lui avais déjà parlé de Pablo mais il n'avait pas démontré un grand intérêt. Cette fois, il me pose des questions et je lui explique que notre relation était très conflictuelle. Nous avons vécu ensemble plus d'un an mais je me sentais comme étouffée. Il me posait des tas de questions et ne supportait pas que je sorte sans lui. Je suis bien consciente que Samy serait un petit ami bien pire que Pablo mais cela n'a aucune importance. Au contraire, je rêverais d'être sa prisonnière.

—... Pendant longtemps je me suis dit que le problème venait de sa possessivité mais avec du recul je me dis que je ne l'aimais pas vraiment.

— Comment tu t'es rendu compte de ça ?

*Parce que j'ai connu ce que c'était qu'aimer avec toi idiot !*

Je me souviens que nous avions déjà eu cette conversation. Qu'est-ce qu'il cherche au juste ?

— Je ne sais pas, réponds-je.

— Tu ne voudrais pas revivre tout ça ?

— Bien sûr que oui !

Je me relève pour me rasseoir, agacée tandis que lui reste calmement allongé à me contempler.

— C'était juste une question Emy...

— Non arrête ! protesté-je. Je sais ce que tu cherches à faire depuis tout à l'heure ! Arrête ça, je t'en supplie !

Il ne répond pas et mes jambes se mettent à trembler.

— C'est toi que je veux Sam, déclaré-je en sentant mes satanées larmes se pointer au creux de me yeux. Je suis une adulte, je sais ce que je fais. Tu n'es pas le grand méchant loup qui me retient en otage OK ? Je profite autant que toi de la situation.

Son silence me rend de plus en plus folle. Quand je regarde mon réveil, il est déjà plus de minuit. Il suit mon regard avant de se redresser pour s'asseoir près de moi.

— Alors on se dit rendez-vous dans un mois ?

Je hoche la tête avant de passer mes bras autour de son cou et de lui embrasser la joue. Je le raccompagne jusqu'à ma porte d'entrée, collée à lui, mon bras enroulant le sien et ma tête sur son épaule.

— Redis-le-moi, demandé-je.

— Redire quoi ?

— Ce que je n'ai pas su entendre tout à l'heure...

Il sourit avant de passer ses bras autour de ma taille.

— Tu vas me manquer, dit-il en me fixant intensément.

Le cœur qui tambourine, je me jette à son cou pour le serrer de toutes mes forces.

— Toi aussi, tellement.

Je lui dépose un léger baiser sur les lèvres avant de le laisser partir, à contrecœur.

Une fois couchée, je lis quelques sourates comme chaque soir quand un message de Samy me surprend :

*J'aurais aimé pouvoir être cet homme.*

Je ferme les yeux en posant mon portable contre ma poitrine.

# Chapitre 25

Je regarde ma montre toutes les cinq minutes depuis que je suis rentrée du travail. Le temps ne passe vraiment pas vite aujourd'hui ! Encore une heure avant mon rendez-vous avec les filles. Cette fois on ne va pas au resto. Il est trop tard pour y dîner. C'est l'inconvénient du ramadan en plein été : le coucher du soleil arrive trop tard !

Ce soir Mina passe prendre des pizzas à emporter et nous dînons chez Fanny.

J'ai très faim mais ce n'est pas le plus dur pour moi. Je dois avouer que les premiers jours étaient un peu difficiles mais mon corps s'est vite habitué. Le plus dur pour moi c'est la soif. J'en salive rien que d'y penser.

J'attrape le Coran pour tenter de m'apaiser et penser à autre chose, ce qui se passe exactement comme je le souhaitais. Je referme le livre et le pose sur ma poitrine.

*Ça va aller Emy...*

Ce n'est plus à l'eau ou à la nourriture que je pense. Non, je pense à la chose qui me manque le plus : Sam.

Je regarde une derrière fois l'heure et je lui envoie un message avant de partir.

*\*J-10, tu me manques...*

# Chapitre 26

Quand je pose mon grand verre vide sur la table, je me rends compte que les filles me fixent abasourdies.

— Qu'est-ce qu'il y a ? demandé-je.

Fanny regarde mon verre en rigolant.

— C'était une grosse soif dis donc !

Je souris nerveusement en cherchant quelque chose à dire pour changer de sujet. J'ai envie de passer une bonne soirée, hors de question de reparler d'un sujet qui fâche.

— Alors, avec Samy ? me questionne Mina.

— Je vous l'ai déjà dit, on ne se voit pas.

— OK, mais vous parlez bien, non ? insiste-t-elle.

— Non, quelques textos par-ci par-là, mais c'est tout.

— Donc vous en êtes toujours au même stade ? m'interroge Fanny.

Leur irritation quant à ce sujet est largement palpable mais je tente de l'ignorer.

— Effectivement, réponds-je.

— Et du coup, tu nous le présentes quand ? demande Mina l'air de rien.

— Qui donc ?

Elles se regardent en souriant. OK, elles en ont déjà parlé. Fanny prend le relais :

— Emy, ça fait plus d'un an toute cette histoire, je pense qu'on a le droit de le rencontrer, non ?

J'éclate de rire. Mais bien sûr ! Comme si Samy accepterait de rencontrer mes amies.

— Ouais, on verra… dis-je pour qu'elles me lâchent.

Je me ressers un verre de soda quand Mina nous dit :

— J'aimerais tous vous inviter à dîner avant de partir.

— Avant de partir où ? demandé-je avec le sourire.

— Bah, en Irlande.

Je relâche mes couverts sur mon assiette en faisant un bruit pas possible.

— Chut, dit Fanny, les enfants dorment !

— Excuse-moi… c'est que…

— Tu avais encore oublié que je partais, lâche tristement mon amie.

Je baisse les yeux sur mon assiette, l'appétit coupé et me frotte le front, mal à l'aise. J'avais complètement zappé que ma meilleure amie déménageait dans un autre pays. Pourtant, ce sujet ne m'est pas du tout indifférent et me fait même mal au cœur.

— Tu as refoulé cette idée, ça arrive.

Et voilà Fanny qui recommence avec ses théories psychologiques. N'empêche que là, elle a raison. Je repousse toute pensée qui puisse me faire du mal. Je connais par cœur cette sensation maintenant.

Mina me fait promettre de proposer cette soirée à Samy. C'était la seule condition pour accepter de changer de sujet. J'ai finalement cédé même si je sais que c'est impossible.

Nous discutons longuement à propos du départ de Mina et ses préparatifs, ce qui installe une ambiance assez lourde. Nos sourires forcés laissent tout de même percevoir notre déception sur nos visages. Le pire dans tout ça, ce n'est pas de voir notre amie partir loin, mais de voir notre amie malheureuse, tentant de nous faire croire que tout ira mieux, uniquement pour nous rassurer.

À la fin de notre soirée, nous nous prenons dans les bras. Maintenant je me rends compte. Nous allons être séparées, pour la première fois de notre vie depuis nos dix ans.

# Chapitre 27

Je me regarde dans le miroir en tentant de camoufler les traits de fatigue. Je dors beaucoup mieux ces derniers temps mais le changement de rythme alimentaire a laissé quelques traces. Finalement, ça n'a pas été aussi difficile que ce que j'avais imaginé. Je dirais même que c'était plutôt agréable. À cette idée, un sourire étire mes lèvres. Sam avait raison. J'ai fait ce sacrifice pour de bonnes raisons et cela m'a été plus que bénéfique. Bon, je ne peux pas non plus dire que je ne suis pas contente que ce soit enfin terminé.

Je m'installe devant un bon petit déjeuner, persuadée de dévorer tout ce que j'ai préparé mais je pense que j'ai eu les yeux beaucoup plus gros que mon petit ventre, comme dirait ma mère. Ou plutôt, c'est mon estomac qui s'est habitué à ne pas manger le matin. À peine une tartine avalée que je suis déjà rassasiée.

Faut dire que je n'ai pas l'habitude de prendre des petits déjeuners comme ça. En général, je préfère emporter quelque chose que je grignote plus tard, au bureau. Mais je pense réellement faire un effort là-dessus et profiter de ce que j'ai. Par respect pour ceux qui n'ont rien. Je pense que tout le monde devrait jeûner au moins une fois dans sa vie rien que pour comprendre ça.

Je vérifie mon téléphone avant de finir de me préparer. Pas de nouvelles depuis plusieurs jours où nous avons échangé un simple « bonne nuit ». Je sais qu'il m'a promis qu'on se reverrait à la fin du ramadan mais j'ai quand même cette affreuse peur qu'il ait changé d'avis. D'être dans son élément, à faire quelque chose de bien l'a sûrement rapproché de Dieu et éloigné de moi.

Je secoue la tête et range mon téléphone dans mon sac. Je compte bien faire ce que je me force à faire depuis quelque temps : le laisser tranquille.

Bien sûr, je sais pertinemment que je finirais par l'appeler s'il ne le fait pas mais je dois le laisser méditer. J'ai mal à l'idée d'être un conflit mental, une barrière entre lui et sa raison. J'ai pourtant tellement fait pour qu'il la repousse cette raison. Mais aujourd'hui c'est différent. Je ne veux pas qu'il rejette cette dévotion qui fait de lui ce qu'il est. Cet homme bon que j'aime tant. *Mon héros malgré lui.*

Je finis de me préparer et me force à avaler la dernière tartine avant de partir. Hors de question de gaspiller.

En arrivant au boulot, j'adresse un léger signe à Noah au loin. Il est assis à la cafétéria son café à la main. Je remarque toujours sa petite déception quand je m'éloigne de lui.

C'est vrai que je l'esquive pas mal ces derniers temps. Toujours cette honte après ce qu'il s'est passé. Mais aussi, je préfère tenir mes distances afin d'éviter toute ambiguïté, comme il a pu se passer avec Mika par exemple.

*Bon sang, Mika !* Ça fait une éternité que je n'ai pas de ses nouvelles. Depuis cette fois où je l'ai surpris avec Stella. Je souris en y repensant et décide de lui envoyer un message. Maintenant que je peux boire des cafés et dîner à des heures convenables, je vais tenter de reprendre une vie sociale.

J'ai hâte qu'il me raconte en détail. Je lui demande comment il va et ses disponibilités pour aller boire un verre. J'en profite également pour écrire un message à ma mère, lui disant que je passerai après le boulot. Elle me répond aussitôt qu'elle ira chercher des pâtisseries après le travail et qu'elle a hâte de me voir. Voilà pourquoi il était impossible de visiter maman durant ce mois. Il faut toujours qu'elle me propose quelque chose à manger ou à boire. Je ne voulais pas l'énerver ou pire encore éveiller en elle des soupçons. J'ai donc inventé plein d'excuses de tout genre, trop de travail ou que j'étais malade. Je suis contente de la voir. Vraiment. Faudrait qu'on passe plus de temps sans se voir finalement ! Elle finit même par me manquer, c'est un comble !

— Bonjour Emilie ! m'accueille chaleureusement Anna.

Nous nous racontons rapidement nos week-ends et je la surprends en lui proposant de déjeuner ensemble. Un mois que je l'évite en prétextant avoir du travail et grignoter au bureau. Je suis contente de retrouver mes vraies pauses-déjeuner avec les collègues.

Je regarde une dernière fois mon téléphone avant de me mettre dans mes dossiers. Travailler et oublier le fait que Sam ne reviendra peut-être pas, voilà ma mission du jour.

# Chapitre 28

— C'est très bon maman.

Je me ressers une belle part de lasagnes maison. Ma mère a toujours été douée en cuisine. Dommage que ce ne soit pas héréditaire.

— Je vois ça...

Elle pose ses mains sous son menton pour m'observer. Qu'est-ce qu'il y a encore ? Je l'ignore et continue de savourer mon repas. Mais quand maman a quelque chose en tête, elle le dit, que ça plaise ou non, c'est plus fort qu'elle.

— En tout cas, tu as bien grossi pour quelqu'un qui a été malade !

J'arrête de mâcher et baisse les yeux sur mon corps. Je sais que j'ai pris du poids, je l'ai remarqué en essayant de rentrer le ventre pour fermer mes jupes, le matin. Ou carrément mettre de côté certains pantalons qui ne me vont plus du tout.

— Merci maman ! dis-je avec le sourire.

— Ce n'était pas vraiment un compliment...

Ma mère a toujours été directe et un peu trop honnête à mon goût. Pour elle, c'est une qualité de dire ce que l'on pense. Moi j'ai toujours détesté ça.

— On m'a dit que ça m'allait bien d'être moins mince...

J'ai un pincement au cœur rien que de l'évoquer. Je fais mon maximum pour éviter ça mais j'ai l'impression que le moindre sujet me fait penser à Samy. J'ignore les haussements de sourcils et le regard interrogateur de ma mère qui veut carrément dire « mais qui a bien pu te dire une telle connerie ? »

Ma mère est une femme très mince qui a toujours fait attention à sa ligne. Pour elle, minceur rime avec beauté. Je ne peux pas lui en vouloir, je pensais exactement comme elle il y a quelque temps, avant que... *Eh merde!*

— C'est très bien que tu aies arrêté la clope, dit-elle en tirant une bonne taffe dans la sienne. Mais il faut savoir que l'on prend du poids ensuite, il faut vraiment que tu fasses attention chérie.

— OK maman !

Je lève ma main comme pour lui dire « changeons de sujet » et je pousse mon assiette à moitié pleine vers le centre de la table. Elle a tout de même réussi à me vexer et à me remettre en question. L'arrêt de la cigarette a joué dans ma prise de poids mais faire le ramadan encore plus. Mina m'a pourtant dit qu'elle perdait du poids en cette période mais pour ma part, j'avais tellement faim quand le soleil se couchait que je dévalisais mon frigo !

Je repense à Sam malgré moi : et si je ne lui plaisais plus comme ça ? Il m'a dit qu'il aimait mes formes mais là, c'est peut-être trop ? Je baisse les yeux sur mon ventre et aperçois un petit bourrelet dû à ma position assise.

*Quelle horreur!*

Je me remets droite et rentre mon ventre avant d'attraper mon téléphone et respire profondément pour calmer la gêne que je ressens quand je constate qu'il ne m'a toujours pas donné de nouvelles.

# Chapitre 29

— Bordel de merde !

Je me pince les lèvres comme si quelqu'un avait pu m'entendre. Ça fait longtemps que je ne parle plus ainsi mais là, je n'ai pas pu m'en empêcher. Je suis figée sur ma balance, ne croyant pas aux chiffres que je vois. J'ai pris sept kilos ! Bordel, sept kilos en quelques mois, comment c'est possible ?

C'est la première chose que j'ai faite en rentrant de chez ma mère. Je me suis déshabillée et je suis montée sur la balance.

Je me regarde dans le grand miroir de la salle de bain complètement nue et j'ai envie de pleurer en voyant mes hanches et mes fesses si développées. Des poignées d'amour commencent même à se former...

*Comment ai-je pu en arriver là sans même m'en rendre compte ?*

Je sursaute quand j'entends frapper à la porte. Je m'apprête à regarder ma montre mais elle n'est plus à mon poignet. J'ai carrément tout enlevé avant de me remettre sur ma balance en espérant que le chiffre soit un peu plus bas.

Il n'est pas loin de minuit donc ça ne peut être que lui. Je passe rapidement mon peignoir et cours ouvrir ma porte d'entrée.

Mon cœur rate un battement quand je le vois. Il est beau à en mourir. Il porte un jean foncé, un polo blanc sous une veste en cuir noire. Ses cheveux sont un peu plus longs et sa barbe légèrement plus longue, elle aussi, le rend carrément sexy. Les mains dans les poches, il penche légèrement la tête sur le côté pour me fixer avec intensité.

— Salut bébé.

À peine ces mots sortis de sa bouche que je suis déjà dans ses bras. Il enfouit son visage dans mon cou et je le sens respirer plus fort. Je lui ai manqué, je le sens.

Mes bras autour de sa taille et mon visage collé à son torse, je le serre de plus en plus fort. Nous restons ainsi quelques minutes jusqu'à ce que Sam me pousse afin de nous faire entrer.

— Tu m'as tellement manqué, dis-je en le regardant fermer la porte.

Je n'attends pas de réponse de sa part. L'attention qu'il me porte suffit pour me prouver ce qu'il ressent. Le regard brûlant, il se rapproche doucement afin de détacher la ceinture de mon peignoir. Je ferme les yeux en attendant la suite. Il y a longtemps que je n'ai pas ressenti autant de désir. Je me mords la lèvre et j'attends quelques secondes en espérant qu'il me touche mais rien. Quand je les rouvre, il fixe mon corps, les yeux écarquillés.

Je referme vite mon peignoir de honte.

— Qu'est-ce qu'il y a ? demandé-je.

Je suis déjà vexée avant même qu'il ne réponde.

— Rien.

Il se rapproche de moi en se mordant la lèvre pour ne pas rire. Il tente de m'attraper de nouveau mais je recule.

— Non dis-moi !

Je le trouve tellement attirant. Je déteste l'idée de ne plus lui plaire.

— Emilie…

Il attrape mon menton pour le soulever légèrement avant de poser délicatement ses lèvres sur les miennes. Puis, il introduit sa langue dans ma bouche. J'ai l'impression que je vais m'évanouir tellement mon corps tremble de plaisir. Ce n'est pourtant qu'un baiser. Mais pas n'importe lequel. Il s'agit du baiser interdit, celui qui signifie énormément de choses. *Notre baiser.*

Langoureusement, il caresse ma langue avec la sienne avant de poser fermement ses mains sur mes cuisses pour me soulever.

Quand il m'allonge sur mon lit, ses gestes deviennent plus vifs. D'une main, il attrape fermement mes poignets et les place au-dessus de ma tête afin de me caresser de son autre main. Il descend lentement sur mes seins, mon ventre puis il serre de nouveau mes cuisses, tellement fort que c'en est douloureux.

— Ahhh, haleté-je.

Il stoppe net et me relâche avant de se redresser.

— Ça va ?

— Oui, continue s'il te plaît.

J'arrive à peine à parler ce qui le fait sourire. Il se redresse afin de voir mon corps en entier.

— Emy, souffle-t-il en grimaçant presque. Je crois que je n'ai jamais autant désiré quelqu'un de toute ma vie.

\*\*\*

Mon cœur bat sourdement dans mes oreilles. Ça fait pourtant bien dix minutes que nous sommes tranquillement allongés mais c'était tellement intense que j'en suis moi-même encore essoufflée. Il me caresse lentement les cheveux et je savoure ce moment les yeux fermés. Je sais que cette soirée pourrait paraître malsaine mais elle ne l'est pas. On pourrait croire à deux personnes en manque de sexe après un mois d'abstinence. Bon OK c'est un peu ça aussi mais pas que. On est en manque de nous tout court.

Il attrape ma main et se met à jouer avec le bracelet qu'il m'a offert à Rome.

— Tu l'as encore, constate-t-il.

— Il ne m'a jamais quittée.

Sam se dégage doucement de manière à se mettre en face de moi. Je me positionne de côté et me rapproche de lui.

— Raconte-moi, murmure-t-il.

— Quoi donc ?

— Ta vie durant ce mois. Ton nouveau boulot, ton père… tu l'as revu ?

Je lui dis que je n'ai pas revu mon père et ça me fait d'ailleurs penser qu'il faut que je réponde à son texto de la semaine dernière. Je lui raconte mon travail en insistant sur le fait que j'adore ça. C'est vrai, les journées passent tellement vite. Il n'y a pas une minute ou je m'ennuie. C'est assez intense mais tellement intéressant.

— Tu sais que mon patron m'a carrément demandé de l'accompagner à Athènes pour des photos !

Son sourire s'efface et ses sourcils se haussent.

— Tu veux dire ton chef d'une trentaine d'années que tu admires ?

— J'admire son travail, le corrigé-je en riant.

— C'est tout ?

— C'est vrai qu'il est pas mal mais… c'est tout, oui.

J'exagère. Je dois avouer que j'aime son style un peu décalé mais on ne peut pas dire que Léon soit un beau gosse.

— Seriez-vous jaloux Monsieur Belaoui ? demandé-je en haussant plusieurs fois les sourcils avant de rire à nouveau.

— Possible.

Sa réponse me laisse sans voix. Il me fixe sans rire et mon cœur s'accélère brusquement.

— Il n'y a pas de quoi, conclus-je en me collant à lui.

À mon tour, je lui demande comment s'est passé son mois et il me raconte qu'il a beaucoup travaillé et passé ses soirées en famille, chez ses parents.

— Tu as mangé chez ta mère tous les soirs ? demandé-je surprise.

Tout de suite, je me dis que je n'aurais même pas pu enchaîner deux soirées avec la mienne.

— Oui, répond-il. J'avais plus qu'à mettre les pieds sous la table.

Je secoue la tête en riant. J'avais presque oublié son côté macho !

Samy poursuit sans que je lui demande, ce que j'apprécie. C'est comme s'il se confiait à moi, même s'il n'y a rien d'extraordinaire dans son récit, j'aime l'écouter.

— Tu sais, quand tu as jeûné toute la journée, le soir tu as une faim de loup et tu as plutôt intérêt à bien manger pour tenir.

J'aimerais lui avouer que je sais parfaitement de quoi il parle mais je ne le fais pas. Il ne doit pas savoir. Je ne veux pas qu'il pense que je fais tout ça pour lui. J'ai en effet fait le ramadan grâce à ses explications. Il m'a donné envie d'essayer. Au départ, je comptais le faire quelques jours mais je n'ai pas réussi à m'arrêter. Il fallait que j'aille jusqu'au bout.

— Elle nous préparait tous les soirs une tonne de nourriture, continue-t-il.

— Du couscous ?

Il sourit largement et j'ai envie de le bouffer quand il fait ça.

*Calme-toi Emy, on va ne pas remettre ça maintenant!* Du moins, pas tout de suite tout de suite…

— Quel cliché ! s'esclaffe-t-il. Mais oui du couscous il y en avait tous les soirs.

— Hum… j'adore le couscous !

L'expression de son visage devient pensive et je ne peux m'empêcher de me dire qu'en temps normal il aurait répondu à sa petite amie : « un jour, tu goûteras le couscous de ma mère » mais là c'est impossible.

*Impossible.* Non Emy, ne pense pas à ça. Pas maintenant.

— Et toi ? me sort-il de mes pensées.

— Quoi et moi ? Je t'ai déjà raconté.

— Ton patron, il t'emmène souvent déjeuner ?

— Euh non jamais.

Son sourire un peu moqueur me fait comprendre où il veut en venir. Ma prise de poids.

— T'es un salaud ! crié-je.

Vexée, je me rassois sur le lit en couvrant mon corps avec le drap. Je regrette tout de suite mes paroles mais ce n'était pas réellement une vraie insulte et il le sait. Il éclate de rire et je le devance avant qu'il puisse me dire ce que je ne peux pas entendre de sa bouche.

— C'est à cause de la clope, expliqué-je.

Perplexe, il hausse un sourcil interrogateur.

— J'ai arrêté de fumer, continué-je.

— Tu es sérieuse ? demande-t-il en se redressant.

— Oui.

— Depuis quand ?

— J'ai diminué depuis Rome et j'ai arrêté totalement il y a à peu près deux mois.

Interdit, il fixe le mur d'en face sans rien dire.

— Tu me croiras un jour quand je dis que tu es mon héros ?

Il repose son regard sur moi. Je le sens bizarre mais impossible de déchiffrer ce à quoi il pense.

— Même si je ne pense pas t'avoir appris la nouvelle du siècle quand je t'ai dit que tu ruinais ta santé... (il marque une pause et plonge son regard dans le mien) je suis content pour toi, Emilie.

Je baisse les yeux en le remerciant mais il m'attrape le visage pour me forcer à le regarder de nouveau.

— Non sérieusement, insiste-t-il. Je suis tellement heureux que tu aies fait ça. Très surpris, certes mais... vraiment heureux.

— Si j'avais su que ça te ferait autant plaisir, j'aurais arrêté bien avant.

Je ris mais il paraît encore trop choqué pour réagir.

— Et pour ma prise de poids, c'est apparemment courant quand on arrête de fumer. Mais tout devrait revenir à la normale très prochainement.

— Je n'espère pas.

J'attends qu'il continue. *Vas-y Sam, dis-le ! Dis-moi que je te plais encore malgré ça*. Il me l'a prouvé une heure plutôt, mais j'ai besoin qu'il me le dise.

Comme s'il lisait dans mes pensées, il poursuit :

— Tu as toujours été attirante à mes yeux Emy, mais là...

Il m'attrape rapidement de manière à ce que je sois face à lui, assise sur ses genoux. Il pose fermement sa main dernière ma nuque pour coller ses lèvres aux miennes. Puis, il pose ses mains sur mes fesses avant de les serrer. Je pousse un léger cri de surprise avant de haleter.

— Tu es irrésistible, susurre-t-il à mon oreille.

Sans savoir si ce sont ses mains sur moi ou ses paroles, je suis propulsée dans un endroit inconnu et imaginaire.

Sûrement ce que l'on appelle le septième ciel.

# Chapitre 30

Je secoue la tête comme pour me remettre les idées au clair mais en réalité, c'est le manque de sommeil qui me fait divaguer. Je passe mon temps à bâiller et à sourire bêtement dès que je repense à hier soir. Les paroles de Samy résonnent dans ma tête tel un écho. *Tu es irrésistible.*

Après avoir fait l'amour pour la deuxième fois, nous nous sommes remis à discuter. Il m'a demandé de lui parler de ma mère et il était heureux d'apprendre que notre relation s'était nettement améliorée.

Ensuite nous avons écouté de la musique avant de nous endormir l'un contre l'autre, vers cinq heures du matin. Je sais, ce n'est pas raisonnable un jour de semaine et j'en paie les conséquences depuis ce matin, mais c'était tellement bon !

— Emilie ? me hèle mon chef en entrant dans mon bureau. Tu as une minute ?

— Oui, bien sûr !

On se tutoie depuis peu. Il me l'a demandé lors de notre dernière réunion d'équipe et même si au départ j'ai eu un peu de mal, je commence à m'habituer.

— Tout va bien ? demande-t-il en fronçant les sourcils. *Traduction : j'ai une sale mine !*

— Oui, je suis juste très fatiguée en ce moment.

— Oh…

Je comprends à l'instant ce à quoi il pense et je me reprends aussitôt :

— Non ce n'est pas à cause du travail ! le rassuré-je.

Par politesse, il me sourit avant de me demander de l'accompagner à Paris, cette après-midi. *Mince alors!*

Ça fait des mois que j'attends ça et il fallait qu'il me le propose le jour où j'ai fait une nuit quasi blanche et que je tiens à peine debout.

— Avec plaisir! m'exclamé-je tout de même.

Impossible de refuser une offre pareille! J'ai plus qu'à enquiller les cafés jusqu'à ce soir…

À l'heure du déjeuner, je propose à Anna de se joindre à moi, ce qu'elle accepte volontiers. J'esquive le regard de Noah en arrivant à la cafétéria afin qu'il ne nous demande pas de nous asseoir avec lui.

— Tout va bien Emilie?

Je souris aussi largement que je puisse.

— Oui je t'assure Anna, c'est juste de la fatigue.

— En effet, j'avais remarqué que tu allais mieux dernièrement…, répond-elle avec un regard rempli de sous-entendus.

— Et toi, comment tu vas? l'interrogé-je.

Le fait qu'elle soit surprise par ma question me fait prendre conscience que je ne lui demande jamais rien à son propos alors qu'elle, à l'inverse, se préoccupe beaucoup de moi. Ce n'est pas que je m'en fiche mais je n'aime pas faire intrusion dans la vie de mes collègues.

En effet, il y a eu Mika avec qui je partageais beaucoup de choses et… *Bon sang, Mika!*

J'ai vraiment la tête ailleurs en ce moment! Ce n'est que maintenant que je me rends compte qu'il n'a même pas répondu à mes messages de la semaine dernière. J'espère qu'il ne lui ait rien arrivé!

— Tu sais qu'Ethan vient de changer de boulot?

Anna me surprend à me parler de son fils alors que mon ancien collègue envahit mes pensées. Je suis doublement embarrassée ! Je n'ai plus jamais pris de nouvelles d'Ethan, même pas par sa mère alors que c'est grâce à lui que j'ai eu ce poste.

*Je me sens vraiment nulle, là.*

— Qu'est-ce qu'il fait maintenant ? m'intéressé-je sincèrement.

Elle me répond qu'il travaille chez un grand concurrent mais avec un niveau au-dessus et je lui demande de le féliciter pour moi. Je lui pose deux ou trois autres questions à son sujet et m'excuse de ne pas avoir pris de nouvelles plus tôt.

— Ne t'inquiète pas pour ça ma belle, j'ai bien vu que ta vie n'était pas simple dernièrement.

J'acquiesce d'un simple hochement de tête et la remercie. C'est dingue ce qu'Anna est gentille. Je suis vraiment heureuse d'avoir rencontré cette femme si bienveillante.

Je finis mon déjeuner par un café et je profite qu'Anna remonte pour passer un coup de fil à Mika mais je tombe deux fois de suite sur son répondeur. Je ne laisse pas de message et retente le coup.

— Allo ? décroche-t-il enfin.

— Hé Mika ! Comment vas-tu ?

— Ça va merci, répond-il d'une voix lasse.

*Il vient de se réveiller ou quoi ?!*

— Ça fait longtemps ! Quoi de beau ?

— Oh, toujours le même…

OK je viens de capter. Sa froideur prouve qu'en réalité, il n'a pas envie de me parler. *Pourquoi ?!* Je me souviens alors de la dernière fois ou je l'ai vu. Il était en plein ébat amoureux avec Stella.

— Tout va bien Mika ?

— Écoute Emy, c'est compliqué en ce moment.

— Qu'est-ce qui est compliqué ? Quelque chose ne va pas ?

— Non je… c'est que… ma nouvelle copine elle… elle est très jalouse.

*Parle-t-il de Stella ?!*

— Bon et alors quoi, tu n'as plus le droit de parler à d'autres filles ? dis-je en ricanant.

Mika reste silencieux durant quelques secondes avant de répondre :

— Non en fait, c'est à toi que je n'ai plus le droit de parler. Désolé.

*Hein ?!*

— Pourquoi tu n'aurais plus le droit de me parler ? demandé-je, septique.

Je sors du bâtiment car des collègues se sont retournés pour me regarder en m'entendant hausser le ton.

— Écoute Emy, c'est une très longue histoire, je t'expliquerai plus tard OK ?

— Mais quand étant donné que tu n'as plus le droit de me parler ? braillé-je.

Je l'entends soupirer dans le combiné.

— C'est compliqué.

— Ta nouvelle copine me connaît pour t'interdire une telle chose ?

— Écoute Emy, on en reparle d'accord ?

Il ne me parlera pas. J'aurais aimé qu'il me l'avoue lui-même mais il ne le fait pas alors j'attaque :

— C'est Stella ? C'est elle qui t'interdit de me voir ?

— Bordel, Emy, comment le sais-tu ?

— Je vous ai vu vous bécoter le jour du séminaire !

— Et merde… je suis désolé.

*J'hallucine, alors c'est vraiment elle ?!*

Honnêtement, j'avais plutôt imaginé qu'avec elle, il s'agissait d'un simple dérapage entre copains. Stella n'est pas du tout le style de Mika ! *Mais enfin, qui suis-je pour juger ça ?!*

— Écoute, tenté-je de m'exprimer calmement. Je trouve ça très bien si vous vous êtes trouvés. Je suis surprise certes, mais c'est bien. Voyons Mika, pourquoi tu me l'as caché ? Et pourquoi elle ne veut pas qu'on se parle ?

— Elle trouve que tu es trop… écoute laisse tomber tu veux bien ?

— Quoi ? Mais attend elle trouve que je suis quoi ? Tu allais dire quoi ?

Il bafouille et tente une nouvelle fois d'esquiver mais j'insiste.

— Elle dit que tu es une allumeuse, finit-il par avouer. Elle pense que tu joues avec moi, que tu profites de moi. Elle a peur que je retombe amoureux de toi.

J'ouvre grand la bouche d'étonnement. *Moi allumeuse ?!* C'est l'hôpital qui se fout de la charité, là !

— Et toi tu la crois ? demandé-je.

— Non Emy, bien sûr que non mais comprends-moi je…

— Oui je comprends. Je comprends que tu n'es qu'un abruti ! Tu sais quoi ? Je vais te faciliter la tâche ! Adieu Mika !

Et je raccroche.

Bien que je sois énervée, ça me fait mal au cœur d'entendre ça. On était si proches avec Mika. C'est vrai que depuis Samy, je n'avais plus ce besoin de me confier à lui. Et puis il y a eu la révélation de ses sentiments qui nous a beaucoup éloignés. Mais malgré tout, je l'ai toujours considéré comme un ami.

J'ai envie de pleurer mais je sais que c'est dû à la fatigue. Je regarde ma montre pour voir si je n'ai pas le temps d'appeler Sam mais malheureusement non, je dois rejoindre Léon.

*** 

Nous arrivons rapidement sur le pont Alexandre III, lieu où va se dérouler le shooting. Un couple d'origine asiatique nous y attend. Lui est habillé d'un simple costume et elle, d'une belle robe traditionnelle en velours rouge.

J'aide Léon à tout installer et quand je lui tends son appareil photo il me fait signe de le garder.

— Tu es sûr ? demandé-je en sentant le trac m'envahir.

— Oui j'aimerais que tu fasses ces photos, Emilie.

J'acquiesce en souriant. Je me sens tellement excitée que ma fatigue semble totalement dissipée.

Le couple est en train de se préparer alors j'en profite pour prendre quelques clichés du pont. Il est magnifique. Le soleil illumine les candélabres en bronze.

Quand je me retourne, Léon m'observe en souriant. Il m'explique la signification des différents pylônes et je hoche la tête sans rien dire mais en réalité, je la connais déjà.

Doucement, je démarre le shooting avec ce couple adorable. Ils ont l'air très amoureux. Lui est attentionné envers elle, il lui recouvre les épaules dès qu'il y a un peu de vent et la tient par la taille, même quand je ne prends pas de photos. Je me surprends à les envier. J'envie leur amour qu'ils peuvent exprimer et exhiber librement. Ils ne se soucient pas des on-dit ni du regard des autres.

J'ai un pincement au cœur quand je repense à ma situation sans issue. Aujourd'hui je souris, mais je sais que c'est provisoire. Mon bonheur est éphémère.

Soudain, je me sens un peu crispée et j'ai du mal à me lâcher, ce qui déteint sur les mannequins.

— Emilie, ça va ? m'interroge mon boss.

— Oui.

Léon s'approche de moi et j'ai bien compris qu'il s'apprête à prendre le relais.

— Attends, laisse-moi une minute s'il te plaît.

Il acquiesce et je sors mon portable de ma poche pour le brancher à mes oreillettes. Je lance la chanson « *Holocene* » de Bon Iver, que m'a fait découvrir Sam cette nuit. Rien que le début joué à la guitare me donne des frissons dans tout le corps.

Il a en effet accepté de me jouer ce morceau avec la guitare de mon père que j'ai gardée chez moi. Je l'ai même accrochée à un socle dans mon salon et elle fait maintenant partie du décor. J'y pense souvent sans oser lui demander mais quand il l'a prise de lui-même et a commencé à jouer, il a clairement compris à mon sourire que je n'attendais que ça.

Pendant une seconde, je l'imagine me dire : « vas-y, tu peux le faire ».

Et me voilà partie dans mon trip, comme s'il n'y avait plus personne autour de nous. Une poussée d'adrénaline dans les veines me fait prendre des dizaines, puis des centaines de photos. Je place les amoureux au fur et à mesure que nous parcourons le pont. Je grimace afin qu'ils rient mais c'est au moment où je virevolte pour danser au rythme de la musique qu'ils éclatent de rire. Ils rient fort, ils s'embrassent, ils s'aiment. J'arrive à capturer tout ça dans de simples photos.

À la fin de la séance, le couple nous remercie et pendant que nous rangeons le matériel, Léon me félicite.

— Bravo Emilie. Vraiment !

Il a l'air épaté, ce qui me touche énormément. Surtout venant d'un photographe tel que lui.

— Merci…

— Je vais travailler les photos ce soir, si tu n'as rien de prévu… enfin si tu veux, bien sûr…

— Avec plaisir ! le coupé-je sans le laisser finir.

Mon enthousiasme le fait rire. Des paillettes plein les yeux, nous retournons au bureau. Mais une fois que je récupère mon portable, un message de Samy me surprend :

*Tu viens chez moi ce soir ? Pour dormir bien évidemment...*

Son texto se termine avec un smiley fatigué qui bâille. C'est la première fois qu'il utilise une émoticône dans l'un de ses messages et ça me fait frissonner.

Je suis vraiment surprise qu'il me propose que l'on se voie deux soirs de suite en semaine et surtout, de dormir chez lui. C'est dingue, mais je regrette limite d'avoir accepté de travailler tard, ce soir.

*Je suis totalement accro à ce mec et ça craint !*

À contrecœur, je lui écris que je ne peux pas mais que s'il veut bien de moi après, je le rejoindrai pour la nuit. Il ne répond pas mais j'essaie de ne pas m'en soucier, je l'appellerai en partant d'ici.

Vers dix-huit heures, nous commençons notre travail alors que tous les autres salariés quittent peu à peu le bâtiment. Deux heures plus tard, Léon me demande ce que j'aime manger et il nous commande alors un japonais que j'engloutis à une vitesse grand V.

C'est fou, je ne vois pas le temps passer tellement c'est passionnant de découvrir mon travail en images et de les retoucher moi-même. Je passe pourtant la plus grande partie de mes journées à faire ça mais là c'est différent : ce sont les miennes !

J'avoue que j'ai du mal à me rendre compte que j'en suis à l'origine, tant elles sont belles.

J'attrape un deuxième macaron que nous avons acheté dans la pâtisserie d'en face et au passage, frôle les doigts de Léon qui a eu la même idée que moi.

— Oh excuse-moi, dis-je en retirant ma main.

— Non, vas-y.

Il rit nerveusement et son regard sur moi me met mal à l'aise, comme ça n'était jamais arrivé auparavant.

Tout à coup, la pièce se remplit d'un malaise indescriptible. Je regarde nerveusement ma montre et constate qu'il est déjà presque vingt-deux heures. Nous sommes assis côte à côte sur sa petite table ronde et j'ai juste à bouger d'un centimètre pour que nos bras se touchent. Il fait déjà nuit et seuls sa petite lampe de bureau et mon ordinateur illuminent la pièce totalement sombre. *Et moi je me rends compte de tout ça que maintenant !*

Je gigote maladroitement et jette un autre coup d'œil à ma montre.

— Il est tard je... je vais devoir y aller.

Léon se lève avec moi et sa gêne est maintenant plus que palpable.

— Euh oui... moi aussi... euh... merci pour tout Emilie. Ton travail est vraiment... incroyable, vraiment, bafouille-t-il.

Quand je reporte mon attention sur lui, je suis surprise de voir qu'il me fixe avec… admiration ?

*Oh non...*

— Bon eh bien à demain ! lancé-je nonchalamment.

J'enfile ma veste en tentant de faire comme si de rien n'était et sors précipitamment du bâtiment. Une fois dehors, je relâche la pression en inspirant tout l'air frais que je peux dans mes narines. Puis, je secoue la tête comme pour oublier ce qu'il vient de se passer.

Sam n'a pas répondu à mon appel mais je débarque tout de même chez lui. Il m'ouvre vêtu d'un simple jogging gris en coton, les yeux à moitié fermés. *Pas sûr que je puisse dormir s'il est aussi sexy...*

Tout en se frottant les yeux, il se place sur le côté pour me laisser entrer.

Je m'installe sur le canapé où il était probablement assoupi devant la télé allumée et il s'assoit à l'autre bout sans rien dire.

— Désolé Samy… tu as bien eu mon message ?

— Oui. Tu es désolée de quoi ?

— D'arriver si tard…

— C'est tout ?

Un brin de panique me parcourt le corps. Pourquoi me demande-t-il ça ? La culpabilité se reflète sur moi ou quoi ? Mais attends, je n'ai aucune raison de me sentir coupable, je n'ai rien fait !

— Oui, pourquoi cette question ?

— Tu étais avec qui ? m'interroge-t-il.

— Avec ma collègue, Anna.

*Oh mon Dieu, pourquoi j'ai lâché ce mensonge ?!*

Tout à coup, je me sens mal. Je déglutis tandis que son visage se radoucit en me faisant signe de me rapprocher.

— Viens par-là, m'ordonne-t-il dans un murmure.

Je m'exécute et colle ma tête contre son torse nu.

*Hum... cette odeur...*

Malgré cette fatigue qui augmente dans l'obscurité, j'ai envie de lui ! Je lui caresse le torse en descendant lentement et je me réjouis de constater qu'il n'est pas si épuisé que ça...

# Chapitre 31

Je suis réveillée par une agréable odeur de café — et aussi par un Samy très maladroit qui fait un bruit fou dans l'appartement.

En sortant de la chambre, je souris quand je le vois vêtu d'un simple caleçon dans sa cuisine, un café dans la main, le journal dans l'autre. Je me mords la lèvre en sentant le désir me gagner. *Hé oui, dès le matin !*

Quand il me voit, il pose sa tasse et balaie mon corps de son regard sombre. Je baisse maladroitement le t-shirt que je lui ai emprunté pour dormir afin de cacher mes nouvelles formes.

Hier soir, après notre câlin sur le canapé qui a été plus court que d'habitude, nous nous y sommes endormis. C'est en plein milieu de la nuit que j'ai senti qu'il me portait jusqu'à son lit. J'ai juste enfilé le t-shirt qu'il m'a tendu avant de me rendormir aussi sec.

— Bonjour.

Sa voix est douce et il me sourit légèrement. Étrangement, la culpabilité de mon mensonge de la veille ressurgit.

*C'est bon, ce n'est pas la première fois de ta vie que tu mens !* me hurle ma conscience.

Et puis ce n'est pas comme si je l'avais trompé !

Sam me sort de mes pensées en se rapprochant de moi.

— Ça va ?

Il penche la tête et sans réfléchir je balance tout. Pour quelle raison je ne sais pas mais c'est juste que je n'arrive pas à lui mentir plus longtemps.

— Non Sam, excuse-moi ! Je t'ai menti hier, je n'étais pas avec ma collègue… j'étais avec Léon.

Une lueur sombre passe dans ses yeux et il recule d'un pas, l'air déçu.

— Il ne s'est rien passé, continué-je. Absolument rien, je te le promets. Je voulais juste éviter une dispute alors j'ai menti. Mais je me sens si mal de l'avoir fait.

Sam prend une légère inspiration avant de regarder sa montre.

— Il faut qu'on y aille, dit-il calmement. On va être en retard au boulot.

*Quoi, c'est tout ?!*

Je n'insiste pas et le laisse aller se préparer avant de faire de même. Bon sang ce que j'aime cette situation ! Nous agissons tel un couple ordinaire et j'adore ça !

Une fois dehors, je l'attrape par le col de sa veste pour l'embrasser mais son baiser n'est pas aussi intense que je l'espérais.

— Samy, ne sois pas comme ça, s'il te plaît. Je suis désolée…

— Ne t'inquiète pas. Tu n'avais même pas à te justifier.

— Comment ça ? Je ne veux pas qu'on se mente !

Il s'approche pour m'embrasser sur le front pendant plusieurs secondes.

— Je sais, Emilie.

Bien qu'il fasse tout pour ne pas me le montrer, il y a de la tristesse dans sa voix et ça me brûle la poitrine. Néanmoins, je ne dis rien et lui souhaite une bonne journée avant que l'on parte chacun de son côté.

Je reste perplexe durant tout le trajet en repensant à cette situation. Samy n'avait pas l'air de m'en vouloir mais il a tout de même agi de manière étrange. Aussi, j'ai vu la déception dans son regard.

En arrivant au bureau, je décide d'arrêter de me torturer l'esprit. J'ai une sensation de gêne par rapport à hier soir mais Dieu merci, Léon n'est pas là ce matin. Quand j'allume mon ordinateur, je reste bouche bée face à un mail qu'il m'a adressé.

*Emilie,

Je suis en déplacement toute la journée mais si tu es disponible j'aimerais t'inviter à dîner ce soir. Nous pourrons discuter de notre séjour à Athènes, qui approche à grands pas.

Encore merci pour ton aide hier, tu es une photographe exceptionnelle et je suis heureux d'avoir quelqu'un comme toi à mes côtés.

Bonne journée et à ce soir j'espère.

*Bordel, non pas ça !*

Je relis plusieurs fois son message. Est-ce que mon patron me fait du rentre-dedans ? On dirait vraiment que oui et il faut absolument que je mette fin à ses fausses idées. Je ne peux pas l'esquiver et j'avoue être flattée qu'il aime autant mon travail. De plus, nous devons partir à Athènes que tous les deux.

Je m'étais imaginé un magnifique séjour où nous travaillerions ensemble et parlerions photo à nos heures libres. Mais à aucun moment je n'ai pensé être mal à l'aise et devoir faire attention à tous mes faits et gestes.

Je secoue la tête, il est hors de question que je le laisse croire quoi que ce soit. Pour éviter toute ambiguïté, je décide de faire comme si je n'avais pas compris qu'il en pinçait pour moi tout en le jetant gentiment. Je tape rapidement une réponse :

*Bonjour Léon,

Merci à toi de m'avoir permis de réaliser ces photos et j'ai été ravie de pouvoir travailler dessus.

Non désolée je ne suis pas disponible, mais nous pourrons en reparler lundi au travail si tu es là ?

Bonne journée à toi et bon week-end.

Emilie.

Je me relis plusieurs fois avant de l'envoyer. Je reste polie, professionnelle et je lui montre que je ne suis pas dispo et en plus je coupe également court à toute tentative de reporter le dîner. *C'est parfait.*

— Dis Anna, tu as entendu parler de ce séjour à Athènes ? l'interrogé-je.

— Oui Léon m'en a parlé, c'est génial que tu y ailles !

Je tente de sourire pour ne pas qu'elle remarque mon embarras.

— Mais j'ai lu le planning ce matin et il est chargé ! Je me suis demandé si tu nous accompagnerais ?

— Tu crois ? s'exclame-t-elle, surprise.

— Oui ! Et puis ça serait sympa, non ?

— Évidemment ! Mais je ne sais pas si Léon comptait…

— Ne t'en fais pas pour Léon, je m'en occupe.

Je lui adresse un clin d'œil qui la fait rire. Ensuite, je me remets au travail, un peu plus sereine. Bon maintenant, j'ai juste à convaincre Léon qu'Anna nous accompagne.

# Chapitre 32

— Je ne sais pas, on n'en a toujours pas reparlé, soufflé-je exaspérée.

En plein rangement de mon appartement, j'ai mon téléphone coincé entre mon épaule et mon oreille.

— Donc vous passez la nuit ensemble sans discuter ? Rien n'a changé en fait !

Je soupire avant de m'asseoir sur le rebord de mon canapé.

— Mais si on a discuté. On n'a pas parlé de ça c'est tout.

— Emy...

Je soupire de nouveau. Je comprends que Fanny s'inquiète pour moi, j'aurais fait la même chose. Sauf que là, elle ne peut pas comprendre.

Mes amies sont encore persuadées que Sam profite de ma vulnérabilité mais je sais que ce n'est pas le cas. Je repense à la dernière fois où nous nous sommes revus. Il était un peu froid au départ, sûrement dû au mensonge à propos de Léon mais ça n'a pas duré bien longtemps. Je m'attendais pourtant à ce que sa raison ressurgisse et qu'il me ressorte ses fameuses phrases comme « tu ne me dois rien », « on est allés trop loin »... mais rien ! Et ça me va très bien.

Je n'ai pas du tout envie de remettre le sujet « ce n'est pas possible entre nous » sur le tapis et j'ai bien l'impression que lui non plus.

— Emilie, tu es toujours là ?

— Euh oui excuse-moi Fanny, je suis en plein ménage. Bon et Mina va mieux ? Elle n'a pas répondu à mon message.

Je m'attends à ce qu'elle s'aperçoive de ma ruse pour échapper à ses questions mais je la sens bizarre tout à coup.

— Euh... Mina... écoute on l'appellera la semaine prochaine, OK ?

— Je lui ai justement demandé si elle était dispo cette semaine pour qu'on aille dîner mais pas de réponse. Une gastro, ça ne dure pas plus d'une semaine !

— Oui mais tu sais avec Adam, le déménagement tout ça...

— Le déménagement ? répété-je. Voyons Fanny, ils ne partent que dans un mois tu ne vas pas me faire croire que Mina a déjà commencé à préparer ses affaires ?

Je ris car notre amie est tellement bordélique et en retard que je ne la vois pas prendre de l'avance.

Fanny ne répond pas et je commence sérieusement à m'inquiéter.

— Fanny, qu'est-ce qu'il se passe ?

— Mais rien, c'est juste qu'elle n'allait pas très bien dernièrement avec tout ça.

— Comment ça elle ne va pas bien ? Je pensais qu'elle était juste malade !

Mon ton grimpe sans que je ne le veuille. Fanny n'y est pour rien mais j'ai besoin de savoir. Je m'inquiète pour Mina. Avec toutes mes histoires, je n'ai pas eu le temps de lui demander si ça allait mieux. La dernière fois qu'on s'est vues, elle m'a rapidement répondu que ça allait et on est vite passées à autre chose.

— Ne t'inquiète pas Emilie, calme-toi ! En plus Mehdi est en déplacement donc je pense que...

— En déplacement ? la coupé-je. Tu veux dire que Mina est toute seule chez elle et elle ne nous demande pas de passer ?

Fanny ne répond pas. Là c'est sûr, il y a un problème. Je regarde ma montre, il est à peine dix-huit heures.

— Tu m'as dit que tu ne faisais rien ce soir, n'est-ce pas ?

— Oh non, Emy arrête ! Si elle n'a pas répondu, c'est qu'elle veut être tranquille.

— Fanny, je sais ce que c'est de se sentir seule et déprimée ! Moi non plus je ne comptais pas vous voir toutes les fois où vous avez débarqué à la maison sans me prévenir ! Mais ça m'a toujours remonté le moral.

Fanny garde le silence tandis que je commence à me préparer.

— Je passe te prendre dans une vingtaine de minutes et on se prend un MacDo à emporter ? proposé-je.

— Non écoute je ne…

— Si tu ne viens pas, j'y vais sans toi !

Elle soupire puis finit par céder.

— OK, je t'attends.

Fanny a la voix triste, et c'est rare de l'entendre ainsi. Je ne sais pas ce qu'il se passe mais ce qui est sûr, c'est qu'elle est au courant de quelque chose.

***

Quand nous arrivons devant chez Mina, Fanny est de plus en plus stressée. Elle l'était déjà durant le trajet mais pas autant. Elle a répondu brièvement à mes questions, même concernant ses enfants, ce qui est rare. Elle ne m'a même pas engueulée d'avoir couché avec Sam. Ah oui, car selon elle, s'il m'aime vraiment, pas besoin de coucher ensemble à chaque fois qu'on se voit. *Mais bien sûr!*

— J'ai apporté ça, dis-je en avançant vers la porte d'entrée, mon téléphone avec notre playlist à la main.

— Je ne crois pas qu'on en ait besoin ce soir, répond-elle en baissant les yeux au sol.

*OK, il se passe un truc pas net!*

Je frappe rapidement à la porte, hâte que l'on m'explique. Fanny m'attrape les mains et m'oblige à la regarder dans les yeux. Quand je vois des larmes y perler, mon cœur se resserre. Et quand la porte s'ouvre enfin, je comprends immédiatement.

# Chapitre 33

— Non ce n'est pas possible putain ! hurlé-je de toutes mes forces.

Mes joues sont maculées de larmes et je cache ma tête entre mes mains pour contenir ma rage. Je fais les cent pas dans le salon de Mina et je finis par m'asseoir de peur de m'évanouir. Je garde mes mains sur mon visage. Je ne peux plus la regarder en face, je ne peux pas.

— Non, non, non ! crié-je.

Mes amies ne disent rien. Même Fanny n'essaie pas de me calmer mais j'entends qu'elle pleure également.

Je m'attendais à quelque chose de grave, comme la décision de Mina de divorcer ou qu'elle soit de nouveau enceinte alors que ce n'est pas le moment… mais pas à ça. Je n'étais pas préparée à ça, putain !

Pendant une seconde, j'en veux à Fanny de ne pas m'avoir prévenue mais en réalité, le choc aurait été le même.

Au bout de quelques minutes d'absence, je relève la tête et prends conscience que tout ça est bien réel. Mes deux amies sont en pleurs et je m'empêche aussi de sangloter lorsque je repose mes yeux sur Mina.

Sous ses larmes, je revois avec horreur du bleu sur ses joues, des yeux gonflés avec un énorme cocard à l'œil gauche et une lèvre supérieure coupée. Mon amie est déformée et la douleur que je ressens au fond de mon cœur est indescriptible.

— Bon ça suffit ! dis-je en me mettant vivement debout. Prépare tes affaires et celles d'Adam.

De nouveau, je me mets à faire les cent pas en réfléchissant à voix haute :

— On va tout d'abord passer au commissariat puis tu viendras à la maison quelque temps. Ce n'est pas bien grand mais ça ira pour Adam et toi. Au pire, je peux squatter chez ma mère le temps que tu...

— Emy ! me coupe Mina.

J'arrête de parler mais ne la considère pas. *Bordel je ne peux pas !*

— Emilie, je ne vais nulle part, m'informe-t-elle la voix tremblante.

Je me force à la regarder. Assise sur le canapé près de Fanny, elle essuie ses larmes avec tristesse.

— Ne t'inquiète pas, dit-elle. Je...

— Que je ne m'inquiète pas ? Non mais tu t'es vue ? crié-je de nouveau.

Je sais que je ne devrais pas m'énerver contre Mina. Elle a l'air déjà tellement mal. Mais c'est plus fort que moi. J'ai envie de casser tout ce qu'il y a autour de moi.

— Dis-moi que tu vas porter plainte, je t'en supplie Mina.

— Non Emy, dit-elle d'un ton ferme. Je ne compte pas le faire.

— Non ! m'exclamé-je hors de moi.

Je me rassois à l'autre bout du canapé, la tête de nouveau entre mes mains.

— Emy écoute, on a eu une grosse dispute et j'ai exagéré.

Incrédule, je relève le visage pour la fusiller du regard.

— C'est ma faute, continue-t-elle. On s'est disputés et je l'ai insulté, j'ai été trop loin et il...

— Sans déconner ? la coupé-je avec un ton sarcastique. Il t'a fait croire que c'était ta faute et attends laisse-moi deviner… il t'a promis que ça ne se reproduirait plus jamais ?

Cette fois, mes hurlements ont réveillé Adam qu'on entend pleurer au bout du couloir. Fanny se lève pour y aller mais Mina lui demande de se rasseoir et part le chercher elle-même. Elle revient au bout de quelques minutes, sans son enfant.

— J'ai réussi à le rendormir alors s'il te plaît calme toi maintenant.

— Comment veux-tu que je me calme bon sang ?

Je parle plus bas mais on peut sentir la rage rien que dans la rougeur de mes joues. Je retire ma veste avant de me tourner vers Fanny.

— Et pourquoi elle est au courant et pas moi ?

— Eh bien regarde pourquoi, aboie Mina. Je m'attendais à cette réaction de ta part et je n'ai pas besoin de ça, figure-toi !

Je prends une profonde inspiration pour ne pas m'emporter davantage.

Au bout de quelques secondes de silence, Mina me raconte sa dispute avec son mari. Ils étaient en province chez la famille de Mehdi. Mina a levé le ton devant ses parents, ce qui l'a rendu fou. Il ne lui a mis « qu'une gifle » sur le coup mais ça a dégénéré en rentrant. Mina nous raconte qu'elle était tellement énervée par ce geste qu'elle l'a insulté une fois à la maison.

— Il en est malade je te jure ! tente-t-elle de me convaincre. Ça ne se reproduira plus !

— Mina non, tu ne peux pas le croire ! Ça commence toujours comme ça. Mais enfin ça ne fait même pas deux ans que vous êtes mariés ! Tu te doutes bien qu'il recommencera.

— Et alors tu suggères quoi, qu'on divorce ?

Je ne réponds pas. *Évidemment qu'elle doit le quitter !*

— Ça ne se fait pas chez nous Emy ! dit-elle en fronçant les sourcils.

— Ah parce que frapper sa femme, ça se fait peut-être ?

— Eh bien oui, figure-toi !

Je ricane et contre toute attente, Mina fait de même.

— Oh ça y est, crache-t-elle. Tu lis trois lignes du Coran et tu crois tout savoir ?

Choquée par ses paroles, j'ouvre la bouche mais Mina se met à hurler :

— Ma pauvre tu ne connais rien ! Tu entends Emilie, tu ne connais rien de notre religion et de nos cultures ! Ne t'attends pas à mieux de la part de ton beau Samy, c'est tous les mêmes putain ! TOUS LES MÊMES ! Oh mais attends, tu le sais déjà ça, c'est toi qui me l'as toujours dit !

— Sam n'est pas comme ça, lâché-je avec difficulté.

— Dit-elle de l'homme qui profite d'elle depuis le début !

Mina fait mine de rire encore mais ses larmes la trahissent. Pleine de sarcasme, elle poursuit :

— Parce qu'on parle bien de ton plan cul là, non ?

— Pitié, arrêtez les filles… nous supplie Fanny d'une voix à peine audible.

En réalité, c'est la troisième ou quatrième fois qu'elle nous implore de stopper mais on l'ignore toutes les deux. Adam se remet à pleurer et Mina se lève avant de se tourner vers moi.

— Vous devriez partir maintenant.

Sans dire un mot de plus, je me mets également debout et attrape mes affaires.

— Je t'attends dans la voiture, dis-je à Fanny avant de sortir en claquant violemment la porte derrière moi.

Une fois assise derrière mon volant, j'attrape mon téléphone. Je sais que Fanny ne va pas descendre tout de suite. Elle va tenter de calmer Mina, essayer de tempérer la situation, comme d'habitude. Elle va probablement lui dire que j'étais énervée et que je ne pensais pas ce que j'ai dit, ce qui est faux.

Maintenant que je suis au calme, je me rends compte de tout ce qu'on s'est dit et ça me retourne le bide.

Je compose le numéro de Samy. J'ai besoin de lui parler. Je ne peux pas rester comme ça à attendre. Il décroche à la troisième sonnerie.

— Sam, hoqueté-je.

— Emilie, ça va ? s'inquiète-t-il.

En pleurant, je lui raconte brièvement ce qu'il s'est passé.

— Tu te rends compte, je ne peux pas accepter ça ! En plus elle dit que c'est écrit dans le Coran ! Sam, dis-moi que ce n'est pas vrai.

Il soupire. *Nom de Dieu !*

Il m'a aidée à comprendre plein de choses sur sa religion mais ça, non je ne pourrais pas l'entendre. Jamais !

— Écoute Emy, c'est un passage compliqué à comprendre…

— Samy, je t'ai juste posé une question ! Dis-moi si oui ou non le Coran permet cela ?

— Oui, souffle-t-il.

Un long silence s'abat et je sens la déception remplir mon cœur. Ce livre m'a tellement aidée, m'a consolée. Je ne peux pas y croire.

— Emy, reprend-il. Les femmes d'aujourd'hui n'ont rien à voir avec les femmes du prophète de l'époque. Et d'autres sourates parlent du devoir qu'a le mari de bien traiter sa femme.

— Toi, tu trouves ça normal ? demandé-je.

— Bien sûr que non.

— Tu ne frapperais jamais ta femme, tu peux me le promettre ?

Je lui demande ça comme si ça pouvait être moi. Je m'attends d'ailleurs à ce qu'il me fasse la réflexion, mais non.

— Je peux t'assurer que je ne ferais jamais une telle chose, Emilie.

Et je le crois.

Je souffle comme pour exprimer un profond soulagement mais en réalité je le savais déjà.

— C'est normal que tu sois furieuse Emy, mais tu ne devrais pas être là avec moi au téléphone. Ton amie a besoin de toi, pas de ton jugement.

Soudain, je repense à toutes ces fois où je lui ai menti à propos de ma relation avec Sam. Toutes ces fois où elle m'a consolée jusqu'à ce que j'aille mieux, malgré son désaccord sur la situation que je vivais.

— Merci, mon amour.

*Mince, c'est sorti tout seul.*

— Va la voir, insiste-t-il sans prêter attention à ce surnom.

— J'y vais.

Je me sens beaucoup mieux de lui avoir parlé. C'est dingue que j'aie ce besoin de lui exprimer mon ressenti, moi qui ai toujours eu tendance à m'isoler quand ça ne va pas. Encore une fois, Sam a réussi à me raisonner et je lui en suis reconnaissante pour ça.

— Emy, m'appelle-t-il alors que je m'apprêtais à raccrocher.

— Oui ?

— On reparlera du fait que tu aies parlé de moi à tes amies plus tard.

*Merde !*

En lui racontant ma dispute avec Mina et ce qu'elle m'a répondu, j'ai en quelque sorte avoué à Sam que mes amies étaient au courant pour nous. Encore une règle que je n'ai pas respectée.

— À plus tard, bébé, me surprend-il avant de raccrocher.

Je souris brièvement car je repense à mon amie. Rapidement, je retourne chez Mina et quand elle ouvre la porte cette fois, je la prends dans mes bras.

— Pardon Mimi. Pardon d'avoir réagi ainsi, sangloté-je.

Sans rien dire, elle me serre aussi fort que je le fais avant de se mettre à pleurer. Je peux sentir son désarroi et ça me fait trop mal. Mais malgré la colère, je me dois de la consoler. De la comprendre sans juger ses choix.

Une fois de retour dans son salon, nous ne nous attardons pas sur le sujet. Nous dînons rapidement et passons toute la nuit éveillées à discuter comme ça ne nous était pas arrivé depuis le lycée.

# Chapitre 34

Le coucher de soleil. Un événement magnifique qui arrive chaque jour et que j'apprécie seulement depuis peu. Maintenant c'est devenu une habitude, dès que je peux le regarder, je le fais. Surtout quand je suis pensive comme aujourd'hui.

Je suis assise sur ma chaise de balcon, pas du tout confortable mais peu importe. Je suis là depuis que je suis rentrée du boulot. J'avais envie de réfléchir. J'en ai besoin.

Je me pose tellement de questions dernièrement. Si Dieu existe, alors pourquoi ci et pourquoi ça ? Sam a toujours su m'apporter les réponses dont j'avais besoin mais celle-là, je ne peux pas. Tout se bouscule dans ma tête.

La nuit s'est tout de même plutôt bien passée, Mina a su me calmer. C'est paradoxal je sais, mais c'est elle qui n'a pas arrêté de me rassurer. Je lui ai fait promettre une centaine de fois qu'elle porterait plainte si cela se reproduisait. Elle a accepté mais j'ai vu à son visage qu'elle ne le ferait jamais.

La journée au travail a été bien plus compliquée. Je n'arrivais pas à retirer cette image de Mina de ma tête. J'en veux tellement à son mari, je ne sais pas si j'arriverais à faire comme elle m'a demandé, soit comme si rien ne s'était passé.

Je serre les dents pour calmer la rage que je ressens envers lui. Trop de haine coule dans mes veines.

Quand on frappe à la porte, je sais déjà qui c'est et malgré la souffrance qui ne me quitte pas depuis hier, je réussis à sentir un petit état de bien-être.

— Tu as l'air épuisée, constate Sam en me voyant.

— Je n'ai pas beaucoup dormi.

D'après son expression, il comprend. Tandis qu'il s'installe, je retourne sur mon balcon. La nuit est tombée maintenant. Sam me rejoint et passe ses bras autour de ma taille. Je ferme les yeux et m'appuie contre lui. Il est beaucoup plus doux avec moi quand il sent que je vais mal et je compte bien en profiter.

— Tu as eu de ses nouvelles ? demande-t-il doucement.

— Oui, elle dit que tout va bien. Mehdi est rentré ce matin.

J'ai la voix qui tremble et il le ressent car il me tourne légèrement face à lui et me force à le regarder dans les yeux.

— Hé… ça va aller. Fais-leur confiance.

— Comment ça ? Tu es sûr qu'il ne recommencera pas, toi ?

— Je ne sais pas, admet-il. Mais elle, elle veut lui laisser sa chance.

Je soupire fortement. J'ai l'impression que je suis la seule à dramatiser la situation. Et s'il recommençait et que cette fois il lui faisait encore plus de mal ? Je regretterais toute ma vie de n'avoir rien fait. Mais que puis-je faire ? Aller voir la police moi-même ?

Exaspérée, je secoue la tête. Je me suis posé toutes ces questions un milliard de fois aujourd'hui, je n'en peux plus !

— On va dîner et je vais rentrer Emy, il faut que tu dormes.

Sam passe ses pouces sous mes yeux.

— Non reste. S'il te plaît.

Il hoche la tête. J'aime sa façon d'être avec moi dernièrement. Il est plus attentionné et surtout, il a mis de côté toutes ces règles absurdes.

Après le dîner, je termine de ranger la cuisine pendant qu'il prend sa douche. Il a accepté de rester dans l'unique condition qu'on se couche tôt. Je n'ai pas mis bien longtemps à accepter, je tiens à peine debout !

Je souris déjà à l'idée de me blottir contre lui et de m'endormir paisiblement dans ses bras. Mais mon sourire s'efface quand je le vois debout devant la porte de ma chambre, la serviette autour de sa taille et mon livre de chevet à la main.

*Oh bon sang !*

— Attends, je vais t'expliquer...

Je m'approche précipitamment de lui et je peux voir le choc sur son visage, pire que s'il avait vu un fantôme ! Il faut vraiment que je change le livre de place, c'est la troisième personne à le découvrir. Je penserai à une future cachette plus tard car là, il me fixe toujours en attendant que je dise quelque chose.

— Alors, attends, euh... au départ je voulais juste en savoir plus à propos de tout ça. Réfléchir par moi-même, tu vois ? Puis tu m'as quittée et je souffrais, donc je lisais et ça m'aidait. Je ne sais pas si ça m'aidait car je pensais à toi ou si ce livre est vraiment magique (je ricane mais il me fixe toujours) Euh oui donc j'en étais où... Ah oui donc je l'ai acheté sur internet car finalement, c'est dur le trouver en librairie, je suis donc allée sur ce site...

— Emilie ! me coupe-t-il.

— Pardon Sam, je ne sais pas moi-même où j'en suis...

— Comment ça où tu en es ?

— La religion, Dieu, tout ça… j'ai prié parfois, bon pas cinq fois par jour mais…

Nerveusement, je rigole à nouveau et cette fois, il sourit légèrement en secouant la tête.

— Tu m'étonneras toujours, lâche-t-il d'une voix douce.

*Qu'est-ce que ça veut dire ? Alors il ne m'en veut pas ?*

Il enfile un caleçon avant de s'allonger sur mon lit avec le livre à la main.

— Tu finiras de ranger demain. Viens que je te montre quelque chose.

Je lui obéis en éteignant toutes les lumières avant de m'installer près de lui. Il allume la lampe de chevet et commence à me réciter quelques sourates expliquant comment le mari doit traiter sa femme.

Après une longue discussion à ce sujet, je ne peux pas dire que je suis d'accord avec tout ça mais disons que je comprends un peu mieux.

— On dirait ta petite sœur, souffle-t-il.

Il range le livre dans le tiroir de ma table de chevet et se rallonge en face de moi en nous couvrant de mon drap.

— Elle l'a toujours été pour Fanny et moi.

— Pourquoi ?

Il me regarde avec ce sourire en coin qui veut dire « raconte-moi ». Comme s'il y avait une explication à tout ça ! Évidemment qu'il y en a une.

J'inspire profondément et ferme les yeux afin de revenir sur ce souvenir qui a marqué ma vie.

# Chapitre 35

**10 ans plus tôt**

*Non Emy, repose ça.*

Il serait tellement déçu s'il me voyait ! Je fais les cent pas dans le salon, son téléphone à la main. Je sais que ce n'est pas bien mais au moins, j'en aurai le cœur net. Je vais sûrement regretter de ne pas lui avoir fait confiance et d'avoir imaginé tout ça mais il faut que j'arrête une bonne fois pour toutes avec ces conneries !

J'appellerai ensuite les filles pour leur dire qu'elles avaient raison et que je me suis trompée sur toute la ligne.

Je passe la tête dans le couloir pour être sûre que personne n'arrive et c'est le cœur battant que je regarde son dernier appel. Isabel.

Papa vient pourtant de dire à maman qu'il rejoignait son collègue Jérémie que nous connaissons bien d'ailleurs. Il a sûrement eu un autre appel derrière. Je clique sur la touche pour faire défiler sa liste d'appels et à mon grand soulagement, il y a bien le nom de Jérémie qui apparait ensuite.

J'entends du bruit et je remets le téléphone de papa dans la poche de sa veste.

En arrivant devant ma chambre, j'ai comme un déclic. Je retourne rapidement dans le salon, je récupère le portable et cette fois, je vais dans ses messages. Des dizaines de textos d'elle. Isabel. Comme Isabelle mais avec un seul l à la fin. C'est idiot mais c'est la première chose à laquelle j'ai pensé. Je clique sur un puis deux et je finis par tous les lire. Il y en a une dizaine, datant d'à peine quelques jours.

« *Tu me manques déjà* »

« *On se voit ce soir ?* »

« *C'était tellement bon, je ne peux plus me passer de toi...* »

« *Rejoins-moi là où tu sais, maintenant* »

Non ce n'est pas possible ! J'ai chaud et j'ai envie de vomir. Je suis tellement choquée que je n'ai pas le temps de remettre le téléphone à sa place quand mes parents arrivent alors je le range rapidement dans la poche arrière de mon jean.

— Il ne va pas bien, tu sais comment est Jérémie, explique mon père. Je ne rentre pas tard, ma chérie.

Maman fait un bisou à mon père avant qu'il ne prenne sa veste et m'embrasse à mon tour sur le front.

— Ne m'attendez pas pour dîner...

Le claquement de la porte d'entrée me fait sursauter puis je reste immobile, bouleversée. Maman me propose de voir un film mais je l'entends à peine. C'est sûrement une erreur. Cette femme s'est peut-être trompée de destinataire. C'est impossible. Je ne peux pas rester comme ça, je dois savoir !

— Maman ! Papa a oublié son portable, je descends le lui ramener...

— OK chérie.

La tête dans les cassettes pour choisir quoi regarder, elle ne prête pas attention à ma crise d'angoisse. Je dévale les escaliers à une telle vitesse que j'évite la chute de très peu.

Je suis soulagée de voir que papa n'a pas pris sa voiture qui est toujours à l'endroit où il l'a garée, lorsque nous sommes rentrés ensemble du lycée. Je cours jusqu'au bout de notre rue menant au quartier animé où nous nous baladons souvent mais rien.

Essoufflée, je regarde partout mais je ne le vois pas. Je reprends le chemin inverse en direction de la maison en tentant de tout remettre au clair quand je tombe nez à nez sur lui. Quand il me voit, il lâche cette femme qu'il tenait par la taille et qu'il embrassait dans le cou.

— Emilie…

Figée sur place, j'hésite plusieurs secondes le cœur battant à mille à l'heure.

*Oh mon Dieu ! Comment a-t-il pu ?*

— Tu as oublié ça, dis-je la voix tremblante.

Je lui lance son portable tellement fort que je lui aurais sûrement cassé le nez s'il ne l'avait pas arrêté avec sa main. J'entends qu'il se casse en retombant au sol mais je ne le vois pas car j'ai déjà fait demi-tour et je suis repartie en courant, les larmes envahissant mon visage.

Quand je me retourne au bout de quelques minutes de sprint, il n'est pas derrière moi. Je ne sais même pas s'il a cherché à me rattraper. Il était choqué, tout comme cette pétasse qui l'accompagnait.

Elle n'était pas beaucoup plus jeune que lui. Assez petite, mince, métisse.

*Putain je n'y crois pas !*

— Quel connard, quel menteur ! hurlé-je en pleine rue.

Tellement fort que plusieurs passants m'observent les yeux écarquillés. Il faudra que j'envoie un message à maman pour lui dire que j'ai croisé Fanny et que je reste un peu avec elle. Ce n'est pas totalement un mensonge car c'est devant chez elle que je suis maintenant, à bout de souffle.

Quand sa mère m'ouvre, elle ne cherche pas à comprendre ce qu'il m'arrive. Je dois être pourtant toute rouge et les yeux gonflés mais elle me dit de rejoindre Fanny dans sa chambre le regard compatissant, comme si elle savait.

J'ouvre la porte, et Fanny est dans le même état que moi, son téléphone à la main.

— Ah enfin, tu as eu mes messages ! dit-elle en me sautant au cou.

*Quoi ?! Comment peut-elle être au courant ?*

— Ma mère veut bien nous y emmener maintenant, sanglote-t-elle. On ne pourra peut-être pas lui parler mais au moins on sera là…

Elle ferme les yeux et de nouvelles larmes coulent sur son visage. Je n'ai jamais vu Fanny dans un tel état !

— Mais enfin de quoi tu parles ? demandé-je.

— Bah de Mina ! Ça va aller, je suis sûre que ça va aller…

Elle tourne désormais en rond dans sa chambre alors je la stoppe en l'attrapant par les épaules.

— Quoi Mina ? crié-je. Qu'est-ce qu'il se passe ?

L'étonnement se peint sur le visage de Fanny et sa mère apparait sur le seuil de sa chambre, les yeux larmoyant également.

— Allez, je vous emmène à l'hôpital, courage les filles.

\*\*\*

À travers la vitre de la chambre, nous la regardons en silence. Mina est allongée sur ce lit d'hôpital, branchée à plusieurs machines, des perfusions aux bras. C'est horrible.

J'ai vu les dizaines d'appels de la mère de Mina et de Fanny en arrivant dans la voiture. La mère de Fanny nous a brièvement expliqué qu'on avait découvert à Mina une grave maladie. *Crohn*.

Je n'en avais jamais entendu parler mais rien que le nom fait peur.

Mina se plaignait souvent de maux de ventre. Elle a dû quitter plusieurs fois le lycée tellement elle souffrait. Après avoir vu plusieurs médecins, on lui avait dit de voir un psychologue, que c'était émotionnel. Après ça, elle évitait de dire quand elle avait mal car sa mère disait que c'était une excuse pour ne pas aller en cours.

— C'est quoi ? demandé-je à la grande sœur de Mina, n'osant pas aborder ses parents en pleurs.

— C'est grave, répond-elle simplement.

Je pose ma main sur ma bouche pour empêcher l'éclat de voix dû à mes pleurs et j'attrape le bras de Fanny qui pose sa tête sur mon épaule.

*** 

Ce n'est qu'une semaine après que nous avons pu entrer dans la chambre pour parler à notre amie. Après son opération au colon.

*Maladie de Crohn*. Les mots « crises » et « incurables » résonnent dans ma tête depuis que j'ai fait des recherches sur internet. J'ai appris que c'était une maladie inflammatoire qui peut toucher tous les segments du tube digestif. D'où toutes ces douleurs qu'elle avait.

Nous nous approchons du lit et elle nous demande de nous asseoir près d'elle. Elle est faible et si maigre que j'en ai la nausée. Je ne reconnais pas mon amie ronde et pleine de vie. Je réussis enfin à parler après quelques minutes de silence :

— T'as vraiment une sale gueule !

Nous éclatons toutes les trois de rire. Je ris et je pleure en même temps, un vrai désastre !

— Ça va aller, dit Mina en m'attrapant la main.

Elle sourit. Comment fait-elle pour être si positive ?

— C'est une épreuve de la vie que Dieu me donne. Il y a des bénéfices à tout ça.

Je ne dis rien car elle est sur un lit d'hôpital et qu'elle souffre mais j'ai envie de la secouer et de hurler : comment peux-tu croire à des conneries pareilles ? Croire qu'il y a un Dieu avec toute cette souffrance ?

Elle nous raconte ce que le prophète je ne sais plus qui dit sur les bénéfices de la maladie mais je l'écoute à moitié. Je me mets plutôt à penser à ma situation et à comment ma vie a basculé en à peine une journée.

La déception de mon père, que je ne pourrai plus jamais regarder et aimer de la même manière, et ma meilleure amie atteinte d'une maladie incurable à laquelle il va falloir faire face.

Mon père. Il faudra que je réfléchisse à tout ça mais ces derniers jours je n'ai pas réussi. Il est revenu plusieurs fois vers moi pour me consoler mais je l'ai totalement rejeté. J'ai rejeté la seule personne qui arrive habituellement à m'apaiser.

C'est quand il m'a fait cette proposition que j'ai su. Il m'a demandé de garder ça secret, de ne rien dire à maman. J'ai compris alors que mon héros n'était en réalité qu'un minable et que notre relation était cassée à tout jamais.

Ma tristesse pour Mina est tellement énorme qu'elles ne se rendent compte de rien. Je leur en parlerai évidemment, mais pas tout de suite.

C'est ce jour-là, sur ce lit d'hôpital que nous avons fait ce pacte. Le pacte de l'amitié, comme dit Fanny.

Peu importe son nom et combien ça peut paraître ridicule. Nous nous sommes fait la promesse d'être toujours là les unes pour les autres quoiqu'il arrive. « Encore plus que nos propres familles », car désormais la mienne est morte.

Et je sais au fond de moi que rien ni personne ne pourra briser ce lien. Jamais.

# Chapitre 36

— Arrête de me regarder comme ça, raillé-je.

Les yeux plissés, Samy continue de me fixer.

— Comment ? demande-t-il.

— Comme si… tu étais amoureux.

Je ris afin qu'il comprenne que je plaisante, même si Dieu sait à quel point j'aimerais que ce soit le cas. Son regard sur moi est intense quand je parle de moi et j'adore ça.

— Et aujourd'hui comment elle va ? demande-t-il. Je veux dire pour sa maladie ?

— Les années qui ont suivi ont été très compliquées. Elle a été longtemps sous traitement et a pris des dizaines de médicaments différents avec tout plein d'effets secondaires. Mais Mina est forte, elle est toujours restée positive ! Même le jour du mariage de Fanny, elle n'a rien laissé transparaître alors qu'elle souffrait énormément.

Je marque une pause en me rappelant ces durs moments et je reprends d'une voix un peu plus dynamique :

— Mais il y a deux ans, elle a rencontré un médecin qui lui a comme sauvé la vie ! Il lui a proposé un nouveau traitement et ça a été comme un miracle. Ça fonctionne très bien chez elle, elle va mieux, ses crises sont plus rares et moins graves.

— C'est pour ça que tu dis souvent qu'elle doit revenir toutes les six semaines en France, me surprend-il.

— Oui, elle fait ses injections ici, à Paris.

Je le fixe avec tendresse. Je ne me souviens même pas de lui avoir parlé de ça. J'apprécie qu'il s'en souvienne et qu'il ait fait le rapprochement.

— Arrête, chuchote-t-il.

— Quoi ?

— De me regarder comme ça...

J'éclate de rire avant de lui demander :

— Avec des yeux d'amoureuse ?

— Ce que je vois moi, ce sont des yeux fatigués.

Il me dépose un baiser sur la joue en me souhaitant bonne nuit et la douleur des souvenirs de mon passé est immédiatement remplacée par un apaisement qui me plonge dans un sommeil profond.

# Chapitre 37

On attire tous les regards avec nos fous rires incessants mais on s'en moque.

— Chuuut ! dis-je en tentant de calmer ma crise de rire.

Nous rentrons toutes les trois dans notre dernière boutique préférée, chargées de plusieurs sacs chacune. Ça faisait une éternité que nous n'avions pas passé une journée shopping et c'est toujours la même chose depuis nos quatorze ans : on rit, on mange des glaces, on dépense de l'argent et on rit encore !

Quand la nuit commence à tomber, nous finissons sur une terrasse d'un café.

— Tu prends quoi Mamy ? m'interroge Mina.

Je lève un sourcil et Fanny éclate de rire. Apparemment je suis la seule à ne pas comprendre la blague. Mina tente de s'expliquer malgré son fou rire qui l'empêche presque de parler.

— Non mais t'as vu les fringues que tu t'es achetées ? s'exclame-t-elle. Avant c'était mini-jupes, super décolletés et maquillage tape-à-l'œil.

Fanny rigole et enchaîne à son tour :

— Aujourd'hui c'est col roulé et pantalon XXL !

Elles éclatent de rire et j'ouvre grand la bouche, l'air indigné, avant de me joindre à elles. C'est vrai que j'ai changé ma façon de m'habiller mais aujourd'hui je ne pourrais plus mettre certaines choses que je portais avant. Bon déjà parce que j'ai grossi (je soupire à cette pensée) mais aussi que je les trouve vulgaires. *Qui l'aurait cru ?*

— Vous exagérez ! dis-je l'air vexée. Je vous signale que l'été est bientôt terminé !

— Mais bien sûr… répond Fanny. D'ailleurs où ça en est ?

— Rien de bien nouveau mais c'est de plus en plus différent. J'ai l'impression que notre relation est disons… plus normale.

Je suis aussi étonnée qu'elles de ce que je viens de dire mais c'est vrai. Samy ne me parle plus de cette raison qui le hante et on profite sans se compliquer la vie, ce qui me va très bien.

— Bon alors il accepterait peut-être de venir dîner à la maison ? insiste Mina.

— N'abuse pas non plus ! réponds-je.

— Quoi, tu ne lui as toujours pas demandé ?

Je lui fais les gros yeux et elle comprend alors quelle est la réponse.

— Vas-y propose lui ! Tu n'as rien à perdre ! Et puis je voudrais vraiment faire un dernier repas à la maison avant le déménagement.

Ma gorge se noue. Je déteste l'entendre parler de ça. Je ne veux pas qu'elle parte mais l'échéance approche. C'est d'ailleurs pour cette raison que l'on passe tous nos week-ends ensemble dernièrement. On profite un maximum avant son départ.

— Promets-moi de le lui demander ? insiste-t-elle.

— Pourquoi tu y tiens tellement ?

— Je veux connaître celui qui te rend si heureuse ! Et s'il accepte, ça prouvera beaucoup de choses.

Je sais qu'il dira non et même pire, que ça provoquera une dispute entre nous mais j'accepte tout de même de lui en parler.

— Et toi… avec Medhi… ça va ?

Une tension se crée comme à chaque fois qu'on en parle mais je me sens obligée de le lui demander quand même. J'angoisse tellement qu'elle parte avec lui, j'ai besoin de m'assurer qu'elle est heureuse. Qu'il ne recommencera plus. Et encore, ça va mieux depuis quelques semaines. Je n'arrivais même plus à prononcer son nom ou à l'entendre parler de lui. Mais il a fait tellement d'efforts. Je peux le voir dans le comportement de Mina. Elle est plus heureuse, plus épanouie qu'avant.

Je n'insiste pas plus, son sourire lorsqu'elle me parle de lui me suffit. Nous terminons notre café avant de rentrer à la maison. Nous avons prévu une soirée karaoké avec une bonne pizza et je compte bien en profiter.

# Chapitre 38

Léon n'ose pas trop me regarder dans les yeux et fait comme s'il était sûr de lui depuis mon arrivée mais je vois bien qu'il est mal à l'aise. Il est toujours comme ça depuis cette soirée bizarre où moi-même je ne sais pas ce qu'il s'est passé.

— Ça va être compliqué niveau budget, Emilie.

C'est bien ce que je pensais. Mon supérieur a pourtant fait mine de réfléchir en me disant que l'idée qu'Anna nous accompagne était géniale mais je me doutais qu'il dirait non.

— Le truc c'est qu'en analysant le planning j'ai pensé…

— Emilie, si tu ne t'en sens pas capable dis-le-moi tout de suite ! s'emporte-t-il.

Il semble agacé et c'est bien la première fois qu'il me parle sur ce ton. J'en viens à me demander s'il s'agit réellement du travail ou d'une déception de sa part que je ne veuille pas partir seule avec lui.

Cependant, je ne peux pas me permettre de louper ce voyage, surtout depuis que j'ai fait des recherches sur cette ville qui m'attire de plus en plus. Et puis maintenant qu'il me laisse prendre la place de photographe, le travail est encore plus intense. Après tout, peut-être que je me fais des films ! Il est peut-être aussi gêné que moi de la situation. Je tente de me rassurer mais ses regards sur moi, son mail m'invitant à dîner me reviennent en pleine face.

— Non ça ira Léon, j'ai juste pensé que… mais laisse tomber je comprends.

— Bon ce n'est pas grave. La prochaine fois, préviens-moi d'abord au lieu d'en parler à Anna.

Je hoche la tête. Il faut que je m'excuse auprès d'Anna qui se réjouissait d'avance de nous accompagner.

— Je suis désolée.

Ses traits s'adoucissent en voyant ma déception.

— Non c'est moi… euh… bon on se cale un point pour planifier tout ça ?

*Il rougit ?! Merde !*

J'acquiesce et je quitte rapidement son bureau.

Je descends à la cafétéria pour me changer les idées et profite pleinement de cette odeur de café que j'apprécie de plus en plus, notamment depuis que j'ai arrêté de fumer, je ne saurais expliquer pourquoi. Comme si la caféine avait remplacé mon manque de nicotine.

Malheureusement, cet instant appréciable est interrompu quand j'aperçois Noah qui s'approche de moi. Impossible de l'esquiver. Le fait qu'il n'y ait personne autour de nous l'a sûrement poussé à venir me parler car je le croise souvent et j'avais cru comprendre qu'il m'évitait également.

— Comment ça va, Emy ? demande-t-il d'un air nonchalant.

Je lui réponds avec le sourire et nous discutons cinq minutes sur notre travail respectif mais impossible de ne pas me souvenir de cette soirée si gênante où je l'ai embrassé pour le repousser ensuite. J'abrège la conversation et en retournant à mon bureau je me demande comment j'ai fait pour me retrouver dans toute cette merde ? Éviter Noah c'était facile mais maintenant, je dois également éviter Léon. Quelle galère !

Une fois à mon bureau, je travaille sur des jolies photos de mariage d'un couple que Léon a photographié la semaine dernière et je souris rien qu'en les regardant. On peut voir le bonheur dans leurs yeux et c'est magnifique. Il y a de ça un an j'aurais pensé : combien a coûté cette robe et toute cette journée ? Mais aujourd'hui je ne peux m'empêcher d'imaginer que sur ces photos il s'agit de Sam et moi…

*Arrête de te faire du mal Emy !*

J'attrape mon téléphone et y découvre deux messages. Un de Sam qui me dit qu'il rentrera tard ce soir. Il est bien trop fier pour me dire qu'on peut se voir après mais je sais que c'est ce que cela voulait dire. J'ai réussi à décoder son langage depuis le temps. Je lui réponds que je passerai plus tard dans la soirée.

Avec étonnement, je découvre que le deuxième message vient de Mika et m'empresse de l'ouvrir.

*\*Emy, je sais que tu m'en veux mais j'aimerais que l'on parle. Tu me manques. La balle est dans ton camp.*

Son message n'a pas l'effet que j'avais imaginé. Je me remets à penser à tous ces bons moments que nous avons passés ensemble. Je ne peux pas mettre une croix sur lui comme ça ! Mika a vraiment été de bonne compagnie et il a aussi été d'une grande aide quand ça n'allait pas. Il ne m'a jamais jugée, même quand il a vu que je lisais le Coran. En réalité, je dois avouer qu'il me manque aussi…

J'abandonne toutes mes mauvaises résolutions à son sujet et accepte d'aller boire un verre avec lui après le travail avant de me remettre gaiement sur les photos de mariage.

J'analyse attentivement la robe de la mariée. Elle est blanc cassé, très simple avec un peu de dentelle sur le bustier. Splendide.

C'est ce style de robe que j'aimerais porter... enfin si je me mariais un jour !

# Chapitre 39

Étrangement, je ne me sens pas à ma place ici. J'y ai pourtant passé des centaines de soirées mais je ne sais pas, je me sens mal à l'aise. Tous ces regards sur moi me perturbent. Je baisse les yeux sur ma tenue. Je porte un simple jean avec un chemisier blanc, manches longues. J'ai attaché mes cheveux bouclés en chignon et je suis à peine maquillée. C'est de cette manière que je plais le plus à Sam…

— Tu as toujours autant la cote à ce que je vois !

Je souris en me retournant pour saluer Mika. Nous nous sommes donné rendez-vous dans notre pub. Enfin, celui que je fréquentais avant.

— Tu… tu as pris du poids ?

Il me regarde avec un air tellement surpris que je ne peux m'empêcher d'éclater de rire au lieu d'être vexée. De toute façon, c'est un fait, j'ai grossi. Je n'ai pas d'autre choix que de l'accepter.

— C'est le seul point négatif quand t'arrêtes de fumer.

Nous nous sourions sincèrement avant de trinquer.

— Emy, dit-il gêné. Je suis désolé. Je ne sais même pas par où commencer !

— Commence par le début déjà. Toi et… Stella ?

Il se marre en hochant la tête.

— Plutôt dingue non ?

— Tu m'étonnes ! m'exclamé-je.

— Enfin bon, ce n'est pas plus étonnant qu'Emilie et… un Arabe ?

J'ouvre grand la bouche faisant mine d'être choquée mais mon envie de rire me trahit.

— OK tu marques un point, me contenté-je de dire.

Je ne peux pas lui en vouloir de ne pas m'avoir parlé de Stella. Je lui ai également caché ma relation avec Sam. Nous rions pendant un long moment et je me rends compte à quel point il m'a manqué.

— Bon alors ça s'est fait comme ça un soir, commence-t-il. On était un peu bourrés et, en la ramenant chez elle, on s'est embrassés. J'ai cru que c'était une bêtise due à l'alcool mais en me réveillant le lendemain, je me suis rendu compte que je ne regrettais rien.

Je ne peux m'empêcher de sourire en le regardant me parler d'elle. Il est ému et totalement sous le charme !

— … Et après dès que je la voyais je ne pensais qu'à une chose : l'embrasser encore et encore ! J'ai gardé ce sentiment pour moi car en vérité, je ne savais pas vraiment où j'en étais. Et puis j'ai commencé à comprendre qu'elle ressentait la même chose.

Des étoiles plein les yeux, il sourit jusqu'aux oreilles.

— Elle n'était plus la même quand on venait ici, elle ne se préoccupait pas des autres gars, tu vois ?

*Veut-il dire qu'elle ne draguait plus tout ce qui bouge ?*

Évidemment, je ne le lui dis pas et me contente d'acquiescer en lui faisant signe de continuer.

— Écoute, je sais que ça peut te paraître dingue et que tu peux penser qu'on n'a rien à voir l'un avec l'autre mais… on est amoureux, c'est comme ça.

Je manque de recracher le coca que j'ai dans la bouche.

— Amoureux ? répété-je, ahurie.

Mika hoche la tête en guise de réponse.

— Waouh ! Je ne pensais pas que c'était si sérieux. Je suis heureuse pour toi, vraiment !

— Merci Emy…

Son sourire s'efface et il poursuit :

— Le point négatif c'est que Stella est très jalouse. Surtout de toi.

— De moi ? Mais enfin pourquoi ?

— Mais tu vois bien, elle t'a toujours enviée. Quand un homme lui plaisait, c'est toi qu'il regardait.

Je le fixe avec étonnement. Je n'avais jamais vraiment remarqué tout ça et j'ai d'ailleurs un doute sur le fait que ce soit vrai.

— Et puis elle sait combien j'étais fou de toi, je lui racontais…

Il secoue la tête et je vois que ce sujet le met mal à l'aise mais il ne s'y attarde pas.

— Ne la juge pas, comprends-la s'il te plaît.

J'hésite une seconde. J'ai envie de lui dire que c'est dégueulasse, que je n'y suis pour rien et qu'elle n'a pas le droit de lui interdire de me parler mais j'essaie de me mettre à sa place. Je ne supporte pas que Samy parle à une autre femme alors j'imagine qu'il soit en contact avec une femme qu'il a aimée… et effectivement cette idée me donne la nausée.

— Elle sait qu'on se voit ce soir ? demandé-je.

— Non.

— Je ne veux pas qu'on se voie en cachette Mika ! Soit tu la raisonnes, soit on arrête là.

Il hoche la tête en grimaçant presque.

— Je te promets d'arranger tout ça, me rassure-t-il.

Je souris en posant ma main sur la sienne mais je la retire immédiatement.

— En tout cas, j'apprécie que tu m'aies appelée, admis-je.

Mika me sourit avant de changer gaiement de sujet :

— Bon et toi alors ? Toujours avec ton beau et ténébreux Tunisien ?

Je ne tente même pas d'esquiver tel que je l'aurais habituellement fait. Je lui fais d'abord promettre de n'en parler à personne, même pas à Stella - je pense dans ma tête surtout pas à Stella ! — Ensuite, je lui raconte pour la première fois mon histoire avec Samy.

— Putain il est fort ! s'exalte-t-il. Une relation sans chichi avec une fille comme toi ? Mais c'est quoi son secret, bordel ?

Nous éclatons de rire.

— Et tu as vraiment fait le ramadan ? demande-t-il surpris. Mais pour quelle raison il ne le sait pas ?

— Je ne l'ai pas fait pour lui. Tout simplement.

Nous passons le reste de la soirée à discuter de mes derniers changements. Je lui explique que je suis perdue en ce moment et il est tellement compréhensif, que ça me rappelle pourquoi je l'apprécie autant.

— Au moins, il ne sera pas rentré dans ta vie pour rien, déclare-t-il.

Je le regarde quelques minutes, songeuse.

— Oui c'est ça.

— En tout cas, tu ne m'oublies pas le jour où tu présentes Samy à ta mère. Je meurs d'envie de voir sa réaction !

Il éclate de rire et je ne peux m'empêcher de l'imiter en lui donnant un coup de poing sur l'épaule. Heureusement pour moi, une telle chose n'arrivera jamais.

\*\*\*

En sortant du pub, j'embrasse Mika sur la joue sous les yeux de Samy qui m'attend dans la voiture. J'ai passé plus de temps que prévu à discuter avec lui et quand j'ai répondu au message que m'a envoyé Sam pour savoir où j'en étais, il m'a écrit qu'il passait me prendre.

*Inutile de préciser à quel point son texto m'a fait frissonner de plaisir !*

Mika salue Sam d'un geste de la main pendant que je m'installe dans sa voiture.

— Salut, dis-je en me penchant pour lui coller un bisou sur la joue.

Sans surprise, mon amant semble contrarié. Il démarre sans rien dire et nous prenons la route.

— Il sort avec Stella, et c'est du sérieux.

— Stella et Mika ? demande-t-il les sourcils levés, tout signe d'agacement ayant disparu de son visage.

— Eh oui ! réponds-je en ricanant. Le cœur a ses raisons…

— Que la raison ignore, finit-il en plongeant son regard dans le mien.

*Oh mon Dieu, Sam…*

Je reste muette jusqu'à ce qu'on arrive devant chez moi. Étant donné qu'il ne découche pas en semaine, j'en déduis que ce soir, c'est mort.

— On ne va pas chez toi ? demandé-je tout de même.

— Non Emy, je me lève très tôt demain matin, j'ai une grosse réunion.

— Alors pourquoi tu es venu ?

— Tu croyais que j'allais te laisser rentrer à cette heure du soir toute seule ? Ce crétin de Mika ne t'aurait pas raccompagnée !

Je reste bouche bée face à cette remarque mais au fond, il a raison. Enfin, Mika n'est pas un crétin mais disons qu'il n'insiste pas comme Sam le fait pour me raccompagner chez moi.

— Tu es le seul à faire ça, tu sais ?

— Peu importe, lâche-t-il sans me regarder.

— Tu ne rentres même pas cinq minutes ? insisté-je. Ne crois pas que je t'insulte en disant ça…

Je me marre et heureusement, il se joint à moi en arquant un sourcil.

— Cinq minutes, hein ?

Nous éclatons de rire et je détache ma ceinture pour me rapprocher de lui mais il détourne le visage.

— N'essaie pas de me tenter, me prévient-il. Il faut vraiment que je rentre !

— Juste après notre chanson, dis-je en montant le son de la radio, sur lequel passe *Photograph* d'Ed Sheeran.

— Notre chanson ? répète-t-il, amusé.

Je ne lui ai jamais dit que je la considérais comme telle. Pour ne pas le froisser, j'imagine.

Je m'adosse à mon siège en le contemplant. Il détache également sa ceinture pour se positionner en face de moi avant de me fixer tendrement. *Je fonds !*

— Tu sais que Stella a beaucoup changé pour Mika, murmuré-je.

Il secoue la tête, un léger rictus aux lèvres.

— Pourquoi tu me dis ça, hein ?

— On peut changer par amour.

— Tu veux dire arrêter d'aguicher et de coucher avec un homme différent chaque soir ?

Je rigole en mettant ma main devant la bouche. Stella a une mauvaise réputation mais elle ne peut s'en vouloir qu'à elle-même.

— Chacun ses changements ! dis-je en haussant les épaules.

— OK alors… tu accepterais de ne plus voir tes amis ? m'interroge-t-il.

— Tu veux parler de…

— De Mika, de ton chef… peu importe ! Aucun homme dans ta vie. Aucune embrassade, même pas une bise.

Sans savoir quoi répondre à ça, je le fixe sans rien dire.

— Tu ne sortirais plus sans moi, ajoute-t-il. Surtout pas dans un pub bourré de mateurs. Tu accepterais ça ?

— J'ai le droit d'aller au resto avec mes copines ?

— Ça OK, si tu t'habilles correctement.

— Comme aujourd'hui ça te va ?

Les yeux plissés, il m'analyse de haut en bas avant de se mordre la lèvre inférieure.

— Ça me va !

Nous rions. J'adore ce petit jeu et je décide de continuer tout en prenant des pincettes car je sais que ça peut vite déraper.

— Si je peux voir mes amies c'est tout ce qui compte, l'informé-je.

Après tout Stella a interdit à Mika de me voir et je ne me sentais pas très bien dans ce pub. Samy secoue la tête se rendant compte de l'absurdité de cette conversation.

— Je ne fume plus, ça c'est un bon point aussi, non ?

— Et quand vas-tu arrêter de boire aussi ?

Il sourit et avant d'avoir le temps de lui dire que c'était déjà fait, il passe à autre chose :

— Terminé Noël en famille !

— Oh non ! Tu veux dire que c'est fini une journée à m'engueuler avec ma mère et à penser à tous mes Noëls ratés à cause de mon père ? dis-je en retroussant exagérément ma lèvre inférieure.

Samy s'esclaffe avant de poursuivre :

— OK, alors allons plus loin. Tu accepterais un mariage comme tu as pu voir avec mon frère ?

— Je ne comptais pas me marier un jour donc pas vraiment de mariage idéal en tête.

*Évidemment, j'ai réponse à tout et ça le fait marrer.*

— Nous avons un enfant, renchérit-il. Un garçon.

Mon corps tremble rien qu'à cette idée. Un enfant avec cet homme ? Oh oui dans mes rêves les plus profonds.

— Tu acceptes le de circoncire ? m'interroge-t-il.

— Faut voir…

Mina me tuerait si elle m'entendait. Je lui ai tellement rabâché que je trouvais cet acte sauvage ! Je ne suis même pas allée à la circoncision de son fils tellement je trouvais ça aberrant. Il me fixe en attendant une vraie réponse et je lui réponds avec un regard de chien battu :

— Pauvre petit bébé pourquoi lui faire du mal ?

Il éclate de rire et c'est contagieux. Samy m'explique ce que dit le Coran à ce sujet mais également que c'est plus propre, etc. Impossible de lui dire qu'effectivement en comparaison avec ceux que j'ai pu voir, son sexe est de loin le plus beau.

— Et on l'appelle comment ce garçon ? Paul… Henri ? Charles ? dit-il en grimaçant.

— Adam ?

Il me fixe, surpris de ma réponse. C'est le premier prénom auquel j'ai pensé.

— C'est le deuxième prénom du fils de Mina.

— Je sais, murmure-t-il.

— En parlant de Mina elle… elle souhaite nous inviter à dîner, dis-je en secouant la tête.

Je n'ose même pas le regarder tellement j'ai peur de sa réaction mais il me surprend à son tour.

— OK, pourquoi pas ?

Je lève automatiquement les yeux sur lui.

— Sérieusement ?

— Étant donné qu'elles savent pour nous… lance-t-il en me fusillant du regard.

Mon visage se crispe et je lui demande silencieusement pardon. Après m'être fait griller l'autre soir, nous n'en avons pas reparlé.

— Je n'y vois pas d'inconvénient, continue-t-il. Et puis, tu es prête à couper le petit bout de ton fils pour moi alors…

Nous rigolons et je sautille sur place avant qu'il me prévienne :

— On y va en tant qu'amis n'est-ce pas, c'est bien ce que tu leur as dit ? demande-t-il les yeux rieurs.

— Oui bien sûr, un ami très proche…, rétorqué-je en lui adressant un clin d'œil.

Pendant un bref instant, nous nous fixons sans rien dire mais son regard en dit long.

— Je dois y aller Emy, il est tard.

Il s'approche de moi pour m'embrasser le front et je lève la tête pour attraper ses lèvres avec les miennes.

— Merci pour ce moment, chuchoté-je entre deux baisers.

Puis, je sors de la voiture et attends qu'il parte pour attraper mon téléphone. Avant même de rentrer chez moi, j'envoie un message aux filles :

*Il a dit oui !

# Chapitre 40

Je regarde le paysage défiler en admirant le peu de verdure qu'il y a entre chez moi et chez Mina. Le soleil commence à se coucher et mon stress ne cesse d'augmenter.

Sam pose sa main sur ma jambe pour que j'arrête de gigoter. Je l'observe en train de fixer la route avec un léger sourire en coin.

— Ça va bien se passer, déclare-t-il.

Je n'en suis pas convaincue. Le fait d'emmener Samy dans mon univers, de le présenter à mes amies me rend heureuse, c'est sûr. Qu'il ait accepté compte énormément pour moi et je ne l'en remercierai jamais assez.

Non le plus dur, c'est cette situation. Notre relation indescriptible et l'image qu'il a auprès de mes amies. J'ai peur qu'on soit mal à l'aise. Bon, je fais confiance à Fanny pour apporter un peu de gaîté ce soir. En fait, je mise carrément tout sur elle ! En espérant qu'elle soit elle-même face à lui.

*Et si elles n'y arrivaient pas ?*

Mon estomac se resserre à nouveau. Pour les maris de mes copines, je m'en fais beaucoup moins. Ils ne sont pas au courant de la situation et n'émettent donc aucun jugement. D'ailleurs, il n'a pas intérêt de juger l'autre là. Je secoue la tête.

*Stop Emy !* Tu as promis de passer à autre chose…

Le GPS me fait limite sursauter quand il annonce que nous sommes arrivés.

— Tu es sûr que tu veux y aller ? demandé-je. Tu sais je peux encore annuler, elles comprendront… Je peux leur dire qu'on a eu un imprévu, ou que je suis malade…

— À moins que tu n'aies pas envie d'y aller… pour moi c'est bon.

Comment fait-il pour être aussi zen ? D'accord, je ne lui présente pas non plus mes parents mais c'est tout comme, voire pire ! Mes amies ont toujours été très protectrices. Si elles sentent que quelque chose peut être dangereux pour moi, elles feront tout pour l'éliminer.

Très à l'aise, Sam ouvre sa portière en m'annonçant qu'il a hâte de les rencontrer. Lorsque je lui attrape le bras jusqu'à la porte d'entrée, il me sourit et ceci suffit à m'apaiser quelque peu. On dirait un couple normal qui va dîner chez des amis. C'est comme dans l'un de mes rêves interdits.

Quand Mina nous ouvre, elle sourit chaleureusement. Je la connais assez bien pour savoir que son sourire est crispé et qu'elle est mal à l'aise mais elle ne laisse rien percevoir à part un bel accueil. Je la prends rapidement dans mes bras et elle serre la main à Samy qui lui glisse un « enchanté » avec son plus beau sourire. Mehdi nous accueille à son tour en nous saluant rapidement et nous souhaitant la bienvenue.

Quand nous arrivons dans le salon, Fanny est déjà installée sur le canapé avec son mari et ses enfants mais elle se lève immédiatement en nous voyant et nous fonce dessus.

Elle me prend dans ses bras et hésite une seconde devant Sam mais il lui tend sa main qu'elle serre avec enthousiasme.

— Salut Samy ! Ravie de te connaître ! Emy nous a tellement parlé de toi…

Sam rit. Il a reconnu la Fanny dont je lui ai tellement parlé. Je lui donne un petit coup de coude en riant nerveusement.

Je fais la bise à Dorian, le mari de Fanny et je remarque une petite gêne dans le regard de Samy qui se dissipe immédiatement lorsqu'il aperçoit Léa, leur jolie petite fille.

Doucement, il s'accroupit pour lui demander comment elle s'appelle et lui demande si elle veut bien lui faire un câlin.

*Profite Léa !* Je donnerais tout pour qu'il me demande une telle chose. Elle acquiesce timidement et saute à son cou. Samy la serre fort et se relève en la gardant dans ses bras avec un rire que je ne lui avais encore jamais entendu.

*Bon sang, je vais craquer !*

Samy joue avec Léa en la faisant virevolter et elle éclate de rire. Je suis carrément en admiration, émue, amoureuse !

— Bon, on prend l'apéro ? propose Mina en apportant un plateau d'amuse-bouche avec plusieurs sortes de sodas. Je suis contente depuis que tu ne bois plus d'alcool, on ne t'entend plus te plaindre à l'heure de l'apéro !

Mina et Fanny éclatent de rire et mon sourire se fane instantanément. Je jette un coup d'œil à Sam qui me fixe, abasourdi. *Merde, je ne lui ai pas dit que je ne buvais plus…*

Voilà l'une des raisons qui me stressait tant : les gaffes de mes amies ! Et ce n'est que le début de la soirée…

Mon amant oublie immédiatement ce que vient de dire Mina, quand Léa vient s'asseoir sur ses genoux. Il se met à la chatouiller pour la faire rire.

*C'est normal d'avoir envie de lui sauter dessus ?*

Fanny est ravie de voir comment Sam joue avec ses enfants. Elle commence la discussion en lui demandant ce qu'il fait dans la vie, le nombre de frères et sœurs qu'il a, où il habite… tout Fanny quoi ! Je lui fais les gros yeux mais elle est tellement excitée qu'elle ne me voit même pas.

Heureusement, cela amuse Samy qui lui répond sans problème. Je dirais même que cela crée une bonne ambiance car la discussion est lancée et nous parlons maintenant tous ensemble de tout et de rien.

Le repas se passe également merveilleusement bien. Fanny, encore elle, lance un sujet sur les voyages, ce qui plaît à tout le monde ! Nous parlons tous des différents pays que nous avons visités et je suis étonnée d'apprendre que Sam a autant voyagé.

J'adore le sourire qu'il a quand il raconte ce qu'il a fait en Jordanie, en Égypte ou encore en Thaïlande. Je remercie Fanny du regard de s'intéresser autant à lui car il est plus détendu et il a l'air de passer une bonne soirée. Elle ne comprend pas trop ce que je veux lui dire mais c'est normal, en fait, elle ne fait rien de particulier, elle est elle-même, c'est tout.

Mina, Mehdi et Dorian qui étaient plus réservés en début de soirée se lâchent de plus en plus et il y a même des moments où je suis surprise de nous voir rire tous ensemble.

J'ai une petite pointe de mélancolie quand je regarde autour de moi. Mes amies et leurs maris. Et nous, Sam et moi. J'aimerais que tout ça soit réel. Bien sûr ça l'est, on est bien tous là en train de passer un agréable moment mais j'ai cette sensation que tout ça n'est qu'une supercherie et le pire, c'est que tout le monde le sait.

À la fin du repas, j'ai ce sourire aux lèvres qui ne me quitte pas. D'une car la soirée se passe mieux que je ne l'avais imaginé, et de deux car Samy me rend folle dès qu'il joue avec les enfants. Surtout de le voir aussi attentionné avec Léa... c'est trop beau !

Quand Mina apporte le dessert, Fanny sert sa famille avant de me passer le plat.

— Je te laisse servir ton amoureux ? dit-elle en me tendant l'assiette de pâtisseries.

*Et merde Fanny !*

Là il y a un malaise. Le sourire de Sam s'efface et tout le monde se regarde un peu gêné. Elle finit par comprendre au bout de quelques secondes et tente de changer de sujet.

Dieu merci, Samy n'en fait pas cas et la conversation repart sur autre chose tandis que Fanny m'adresse une moue désolée.

Je lui souris. Au fond, elle n'a rien fait de mal. Les choses paraissent ce qu'elles ne sont pas et c'est confus pour tout le monde.

Une fois sortis de table, les garçons proposent de jouer à la console. Dorian et Mehdi s'entendent très bien et c'est souvent ce qu'ils font pendant qu'on range la cuisine et que nous discutons entre nous. Je suis agréablement surprise quand Samy accepte de jouer avec eux. Il leur promet même de leur mettre la pâtée !

Avant d'attraper la manette, il prend Léa sur ses genoux et lui colle un bisou sur la joue.

*Bordel, j'en frissonne !*

Lorsque j'arrive dans la cuisine, Fanny sautille sur place et tape des mains.

— Oh là là, je l'adore, je l'adore ! Tu as vu comment il aime les enfants ? Ça, c'est un bon point Emy, un très bon point !

— Fanny calme toi, et s'il te plaît parle moins fort ! la supplié-je.

Nous aidons Mina à ranger et elles me disent que Sam leur a vraiment fait bonne impression.

— Et putain ce qu'il est beau ! répète Fanny.

— Tu n'as pas l'air contente ? remarque Mina.

— C'est que… la situation n'a pas changé.

— Emy, dit cette dernière. Tu crois vraiment qu'il serait là si la situation n'avait pas changé ? Je pense honnêtement qu'il faut que vous reparliez de tout ça.

Je jette un œil vers Fanny qui acquiesce en hochant la tête.

— Vous ne pouvez pas rester comme ça ! Ça crève les yeux qu'il est fou de toi !

Même si j'en doute fortement, ce qu'elle dit me donne des frissons dans tout le corps.

Une fois la vaisselle rangée, nous retournons dans le salon nous installer près d'eux. Chacune s'assoit tout près de son mari et je m'arrête, hésitante. Mais Sam tapote une toute petite place près de lui.

Je le rejoins et caresse la joue de Léa, toujours installée sur ses jambes. Puis, je fixe Sam, admirative.

— Je crois que je suis amoureux, lâche-t-il en lâchant la petite Léa des yeux pour me regarder moi.

Mon cœur se met à sauter dans ma poitrine. Je sais qu'il parle de Léa. Mais il fait exprès de me fixer avec son regard brûlant. Mon corps tout entier tremble de désir.

*Cet homme me rend dingue !*

Mes amies me sortent de mes pensées érotiques en engageant une conversation animée. Comme si les mecs n'étaient plus présents, nous finissons par rire comme des folles.

Je me retourne de nouveau vers Samy, dont le sourire a disparu. Il n'est pas non plus énervé comme il aurait pu l'être il y a un certain temps mais il me fixe de manière étrange.

*À quoi pense-t-il en me dévisageant de cette manière ?*

Je sais que je ne devrais pas y croire mais plus le temps passe, plus je dois avouer que l'espoir d'un nous, aussi infime soit-il, naît en moi. Même si je sais pertinemment que je ne devrais pas.

# Chapitre 41

J'enlève le peu de maquillage que j'ai mis ce matin. Quand je retourne dans ma chambre, je souris en le voyant torse nu allongé sur mon lit en lisant mon livre.

La fin de soirée s'est très bien passée. J'ai continué d'admirer Sam s'occuper des enfants de Fanny. Ils ne l'ont pas lâché, surtout Léa qu'il a surnommée « princesse ».

Le trajet du retour était spécial. Un long silence très embarrassant s'est installé après que je lui aie demandé s'il avait apprécié la soirée. Il m'a répondu un simple « oui » en continuant de fixer la route sans en rajouter davantage. J'ai compris qu'il n'avait pas envie de parler alors je n'ai pas insisté. Il a juste souri quand je lui ai dit que Léa avait flashé sur lui. Je n'avais pas idée d'à quel point il aimait les enfants et c'était vraiment beau à voir. C'était magique même. J'ai la sensation d'en faire des tonnes mais c'est ce que j'ai ressenti.

En arrivant devant chez moi, je m'attendais réellement à ce qu'il me souhaite une bonne nuit et me dise qu'il est fatigué, comme à chaque fois que sa raison le gagne. Mais encore une fois, il m'a de nouveau surprise en rentrant avec moi sans dire un mot.

Je m'allonge près de lui pour l'admirer. Il continue de lire un petit moment puis il pose le livre sur ma table de chevet avant de s'allonger sur le côté, de manière à me regarder.

— Et toi, tu as aimé ta soirée ? me demande-t-il.

Il ne montre aucune expression mais au son de sa voix, j'ai l'impression qu'il m'en veut de quelque chose.

— Pourquoi tu ne m'as pas dit que tu avais arrêté de boire ?

*Ah, j'avais oublié ça...*

— Je ne sais pas, soupiré-je en m'allongeant sur le dos.

— Pourquoi tu as arrêté ?

— Tu sais pourquoi.

— Alors tout ça a du sens pour toi ?

— Bien sûr que oui ! m'exclamé-je en fixant le plafond.

— Tu veux dire que… ce n'est pas pour moi que tu fais tout ça ?

Je secoue lentement la tête. À vrai dire, je n'ai pas la moindre envie d'en parler. Il s'agit d'un sujet encore compliqué pour moi.

— Tu sais Emy, j'apprécie tous ces changements.

— C'est vrai ? demandé-je en tournant la tête pour le regarder.

— Oui c'est vrai.

Samy pose sa main sur mon visage pour me caresser délicatement la joue avant de reprendre :

— Tu sais depuis notre rencontre, je me suis toujours dit que Dieu m'avait peut-être fait croiser ton chemin pour une raison.

Je déglutis en attendant la suite.

— Je me dis souvent : ce n'est pas possible, cette fille qui n'a rien à voir avec moi mais qui m'attire tel un aimant…

*Seigneur...*

— J'en suis persuadé aujourd'hui, poursuit-il. Dieu m'a mis sur ton chemin pour te guider. Peu importe comment ça finira.

*Comment ça finira ?!*

Les larmes me montent directement aux yeux et je détourne le regard.

— Emy, dit-il en me forçant à le considérer de nouveau. Peu importe comment ça finira, je t'aurai au moins apporté quelque chose.

Doucement, il s'approche pour me déposer un baiser sur le front et me propose de lire le Coran ensemble.

Pour être honnête, je ne m'attendais pas du tout à une fin de soirée comme ça.

J'imaginais plutôt une grosse dispute ou bien qu'on fasse l'amour plusieurs fois d'affilée. Avec Sam, c'est soit l'un soit l'autre. Mais cette option me va tout aussi bien.

Ensemble, nous nous mettons à lire plusieurs sourates, qu'il m'explique avec patience dès que je ne comprends pas. Sans nous en rendre compte, il est déjà trois heures du matin quand la fatigue nous empêche d'en lire davantage. Il lit une dernière sourate et c'est ainsi que je m'endors, paisiblement dans ses bras.

# Chapitre 42

Je recommence à respirer normalement une fois sortie de son bureau. Maintenant, j'angoisse dès que je dois passer un peu de temps avec Léon. D'un côté, j'ai envie d'être dure et de lui montrer que je suis fermée à toute proposition mais d'un autre, j'ai envie d'être moi-même surtout dans ce contexte.

J'adore mon travail mais j'ai l'impression d'être sur la retenue quand nous sommes ensemble et ça m'empêche de progresser. Il va finir par se dire que je ne suis pas épanouie dans ce que je fais ou bien que je ne suis pas assez investie. *Quel dilemme!*

Nous venons de terminer notre planning. Nous partons dans moins d'une semaine. Je stresse tellement à l'idée de me retrouver trois jours dans un autre pays avec cet homme que je fuis chaque jour.

Je n'ai même pas parlé de tout ça à Samy. Il est vrai que la jalousie qu'il avait démontrée la dernière fois m'avait carrément plu mais je ne sais pas... je n'ai pas envie de créer de problème là où il n'y en a pas. Surtout qu'en ce moment, tout se passe tellement bien avec lui. Je ne souhaite pas tout gâcher. Je ne suis plus prête à entendre que je ne lui dois rien ou que je fréquente qui je veux. Je grimace en formulant cette idée et me remets rapidement au travail.

Je bosse toute la journée d'arrache-pied en tentant d'oublier cette gêne désagréable qui s'est installée entre Léon et moi. Tout à coup, Edward et sa totale indifférence à mon égard me manquent. *Ça, c'est la meilleure!*

Je finis un peu plus tôt pour passer voir maman ce soir. J'ai prévenu Sam que je n'étais pas libre mais il ne m'a pas répondu. Dernièrement, nous passons toutes nos soirées ensemble même en semaine. Parfois juste pour passer du temps ensemble, sans sexe, sans disputes. Je souris en me disant que j'aime notre nouvelle relation mais la question qui me hante dès que je pense à lui réapparaît : *Quand sa raison reviendra-t-elle ?*

Je secoue la tête pour supprimer cette pensée négative et sors rapidement du travail afin d'éviter de croiser mon boss.

En sortant de l'immeuble, je reste figée sur place quand j'aperçois Samy. Adossé contre sa voiture et beau comme un Dieu. Vêtu d'un pantalon pince noir et d'une chemise bleu foncé, j'en déduis qu'il est venu directement après le travail. Lentement, il se redresse en me voyant m'avancer vers lui.

*Bon sang, qu'est-ce qu'il fiche ici ?!*

Je devrais être heureuse mais je ne sais pas… son regard n'annonce rien de bon. Il n'a pas l'air énervé mais… triste ?

*Oh mon Dieu, non !*

— Qu'est-ce que tu fais là ? demandé-je une fois arrivée à son niveau.

— Ravi de te voir moi aussi ! répond-il un léger sourire en coin sur les lèvres.

— Je serai ravie également quand tu m'auras expliqué.

Sans rien dire, il me fixe quelques secondes tandis que mon estomac se tord de douleur.

— Entre, m'ordonne-t-il en me désignant sa voiture.

Je baisse les yeux au sol en soupirant.

— Je sais que tu vois ta mère ce soir, ajoute-t-il. Ça ne sera pas long.

À contrecœur, je monte dans sa voiture avec cette sensation que je connais bien. Trop bien.

***

On s'évite du regard depuis que nous sommes arrivés. Je serre mon café entre mes mains réchauffées.

— Tu te souviens de cet endroit ? m'interroge-t-il.

Samy regarde tout autour de lui et je continue de le fixer. Bien sûr que je m'en souviens. Nous sommes installés là où tout a commencé.

— C'est ici que je t'ai fait cette proposition absurde.

Il se force à sourire tandis que je fais tout pour garder mon calme. Je sens pourtant que dans quelques minutes, je n'y arriverai plus. Je garde le silence jusqu'à ce qu'il continue :

— J'étais tellement convaincu. Je me disais qu'une fois que je t'aurais eue dans mon lit, mon obsession s'arrêterait. Je ne voulais pas non plus te donner de faux espoirs alors j'ai trouvé cette proposition juste.

Mon cœur s'accélère. Il n'attend aucune réponse de ma part car il poursuit sans rien me demander en retour. En fait, ça a l'air de l'arranger que je garde le silence.

— Te sortir de ma tête c'est tout ce que je voulais, Emy !

Désorienté, il se passe une main dans les cheveux en soufflant comme pour se donner du courage.

— Mais en réalité, ç'a été l'inverse. Plus on se voyait et plus je m'accrochais.

Il marque une pause et reprend avec une voix plus douce :

— Et plus je m'éloignais, plus tu me manquais.

— Sam…

— Non, attends Emy… attends s'il te plaît.

Il ferme fermement les yeux comme s'il souffrait et ça me fait mal de le voir si vulnérable. J'ai tellement espéré qu'il m'avoue tout ça un jour… mais pas de cette manière.

— À chaque fois que je t'ai quittée, j'étais sûr de moi. Mais que ça vienne de toi, de moi ou du hasard de la vie, on a toujours fini par se retrouver malgré tout.

Il pose ses mains sur les miennes et fronce légèrement les sourcils.

— Ne crois pas que j'ai perdu la raison ces derniers temps, Emy. Je me disais juste que ça ne servait à rien. Ça ne sert à rien de te quitter pour revenir ensuite. De souffrir et te voir souffrir également. J'ai donc supplié Dieu. Je l'ai supplié de tout mon cœur de trouver une solution.

Il continue de me regarder tristement et je peux sentir sa souffrance, ce qui me tue littéralement.

— Et, il m'a répondu.

Mon regard ne lâche pas le sien et mes mains tremblantes ne bougent pas de sous les siennes. Mes larmes menacent de débarquer d'une minute à l'autre mais je lutte jusqu'au bout.

— J'ai vu mon chef ce matin et il m'a proposé une mutation. À Dubaï.

*Seigneur...*

Ses mains resserrent les miennes avant que je ne puisse réagir.

— Tu sais, ça ne vient pas que de toi, j'ai toujours voulu quitter Paris, et aller dans un pays musulman était dans mes projets depuis quelque temps sauf que ça n'était pas vraiment sérieux. Enfin jusqu'à maintenant.

Bizarrement, le choc est si grand que je reste bloquée, sans réaction. Je réfléchis en regardant nos mains liées.

Il va partir. Sam s'en va et je ne le reverrai plus jamais de ma vie.

— C'est mieux pour toi Emy. Tu mérites mieux comme vie. Je ne peux pas te donner ce que tu veux.

J'ai envie de lui dire que tout ce que je veux c'est lui, que peu importe ce qu'il peut m'apporter, cela me suffit mais à quoi bon ? Et est-ce que je le pense réellement ? Je repousse l'échéance car je ne veux pas ressentir ce vide en moi qui apparait dès qu'il n'est plus dans ma vie mais en réalité, je savais très bien que ça finirait comme ça.

En voyant que je n'ai aucune réaction, il reprend la parole :

— Je ne compte pas faire ma vie là-bas. C'est une mutation de trois ans.

Il penche sa tête pour me forcer à le regarder dans les yeux. Je m'éclaircis la gorge avant d'ouvrir la bouche.

— Tu pars quand ?

— J'ai trois semaines pour donner ma réponse et après ça, tout s'enchaînera. Je démarre mes fonctions dans deux mois.

J'ai la poitrine en feu mais je ne laisse rien transparaître. Pas parce que je veux faire la forte, mais parce que je suis totalement bloquée. Ça sent la fin, et cette fois, ça sera irréversible.

Est-ce que ma vie sera toujours ainsi ? Est-ce que tous les malheurs doivent me retomber dessus en même temps ? Mina qui part dans quelques semaines, suivie de Sam.

Il regarde à nouveau autour de lui en souriant.

— Je t'ai emmenée ici pour te proposer quelque chose. Eh oui, encore.

Je reste muette et lui fais signe de continuer.

— Si tu veux arrêter maintenant je…

— Non, le coupé-je.

Il ferme les paupières durant un instant avant de reprendre son souffle.

— On continue comme ça jusqu'à ce que je parte. C'est ce que je te propose.

— Tu sais que je n'ai pas le choix ! dis-je, sarcastique.

Mon ton est dur mais lui reste très calme.

— Emy… moi non plus je n'ai pas le choix.

Nous restons quelques secondes sans rien dire ni même nous regarder mais la pression devient trop forte pour moi, j'ai besoin de respirer.

— Je dois y aller, annoncé-je en me mettant debout.

— Attends.

Sam se lève et tente de m'attraper le bras mais je recule avant qu'il puisse me toucher.

— Non Sam c'est bon ! J'habite à deux minutes d'ici et je dois m'habituer à rentrer seule, n'est-ce pas ?

Je le salue en levant ma main et lui tourne le dos. Je sais que je suis dure mais je lui en veux. Je le comprends pourtant et même s'il ne le dit pas, je sais qu'il souffre aussi.

Je marche rapidement en refermant ma veste car la brise qui accompagne le coucher de soleil a refroidi l'atmosphère. L'air frais que je respire m'aide à réaliser. Je savais bien que ça ne pouvait pas continuer comme ça et qu'il ne changerait jamais d'avis mais j'évitais d'y penser et profitais des moments passés avec lui.

Malgré tout, je sais qu'il a raison, au fond. On n'a jamais réussi à rester séparés mais est-ce que fuir est la bonne solution ? Je sais qu'il est attaché à sa famille et même s'il me dit le contraire, je ne veux pas qu'il le fasse juste pour s'éloigner de moi. En fait tout est ma faute !

J'aurais dû respecter sa religion et rester loin de lui. Je ferme les yeux en demandant à Dieu de me pardonner et je me rends compte que c'est la première fois de ma vie que je m'adresse à Lui en y croyant réellement.

Je sursaute quand je sens une main se poser sur mon épaule et me retourne en soupirant franchement.

— C'est bon Sam, je…

*Oh putain !*

— Salut Emy.

Je reste bouche bée et j'hésite entre partir en courant ou hurler de toutes mes forces mais ça serait peut-être un peu exagéré ? Ou pas.

Je suis encore trop déstabilisée par l'annonce de Sam pour que mes idées soient claires.

— Pablo ?

Mon ex-petit ami complètement barge est debout devant moi sans savoir s'il doit sourire ou non. Son côté charmeur italien me rappelle ce qui m'a plu chez lui le jour de notre rencontre mais les mauvais souvenirs de notre rupture me reviennent assez vite.

— Tout va bien pour toi ? m'interroge-t-il.

*Non mais il est sérieux ?* La dernière fois que je lui ai parlé c'est pour lui annoncer que j'avais porté plainte. Et lui la dernière chose qu'il m'a dite est une insulte dont je ne souhaite absolument pas me remémorer.

Mal à l'aise, je me racle la gorge tout en reculant de quelques pas.

— Ça va merci et j'espère que toi aussi… ravie de t'avoir revu.

— Attends ! dit-il avant que je n'aie le temps de me retourner. Allons boire un verre.

— Non merci.

Cette fois, je lui tourne le dos et me mets à marcher un peu plus vite. J'entends ses pas qui s'accélèrent également et sans vraiment réfléchir je me mets à courir de toutes mes forces.

*Oh mon Dieu !*

Mon cœur bat très fort tellement j'ai peur. Je tente de courir le plus vite possible sans me retourner et je ne sais pas si c'est ma folie ou s'il me court vraiment après.

*Peut-être qu'il me regarde m'échapper comme une folle en se demandant ce qu'il m'arrive ?* Mais c'est quand je sens une main agripper mes cheveux que je me rends compte que je ne suis pas si folle. Il tire tellement fort que j'atterris directement par terre, sur les fesses. Pablo m'aide à me relever pour me plaquer contre le mur d'un immeuble avec son bras puis, il attrape mon visage de son autre main.

— Putain t'as pris quoi, vingt kilos ? me lance-t-il.

Il serre mes joues de plus en plus fort, au point que je ne peux même pas crier.

— Te vexe pas, t'es toujours aussi bonne.

Il s'approche pour coller son visage au mien et je réussis à tourner légèrement la tête vers le côté malgré la pression que ses doigts imposent à mes joues. La nausée me vient tandis qu'il renifle ma peau. Ce type me dégoûte.

— C'est fou ce que tu m'as manqué.

Je sens son souffle s'accélérer tellement il est excité et je suis à deux doigts de vomir. Il lâche mon visage pour poser sa main autour de mon cou et quand elle descend vers ma poitrine je grimace en fermant les yeux. Sans comprendre pourquoi, il me relâche totalement en une seconde. Je me rends compte que c'est lui qui me faisait tenir debout quand mes jambes me lâchent et que je me retrouve à nouveau sur le sol. Je pose mes mains sur mes joues endolories et je vois Pablo à genoux, ses bras entourant son ventre et du sang sortant de sa bouche.

Je relève la tête pour découvrir Samy en train de se frotter le poing fermé qui dévisage Pablo d'une manière indescriptible.

— Sam ! crié-je.

Tandis qu'il baisse les yeux vers moi comme s'il ne découvrait ma présence que maintenant, je peux lire la haine dans son regard. Ses traits sont déformés par la rage tandis qu'il m'aide à me relever. Il lève mon menton et quand il aperçoit mon visage il m'écarte pour redresser Pablo par le col de sa veste.

— Écoute-moi bien petite merde ! Si tu t'approches encore une fois d'elle, je te tue ! Tu as compris ? Ce que je t'ai fait ce soir n'est rien comparé à ce que je te ferai, crois-moi !

Sam hurle tellement fort qu'il ne m'entend pas crier d'arrêter. Pablo hoche rapidement la tête en le suppliant du regard mais Samy lui donne tout de même un coup de boule, tellement fort, que Pablo est éjecté à plus d'un mètre en arrière. Il atterrit de nouveau sur le sol et pose ses mains sur son nez qui pisse le sang.

Je fixe Pablo avec horreur. Même si je n'éprouve aucune compassion envers ce gros porc, je n'aime pas voir ça. Sam m'attrape par le bras pour m'aider à monter dans sa voiture.

Il démarre et fixe la route avec une respiration rapide et bruyante. Je remarque qu'il saigne légèrement du nez et j'attrape son visage pour tenter de le tourner vers le mien mais il dégage ma main.

— Arrête ! Je ne peux pas te regarder là. Si je te regarde encore une fois, je vais commettre un meurtre.

Je pose mes mains sur mon visage et laisse échapper toutes les larmes que mon corps contenait jusqu'à maintenant. C'est bien ça, je suis condamnée à ce que toutes les souffrances me tombent dessus en même temps, sans me donner aucun répit.

# Chapitre 43

— Bien sûr, maman.

Je tente de parler calmement pendant que je me rince le visage à l'eau froide. Je me regarde de nouveau dans le miroir de ma salle de bain et les traces des doigts de ce connard fini sont encore présentes sur mes joues.

— Je serai là dimanche midi. Bisous maman.

Je raccroche rapidement avant de me remettre à pleurer. Je lui ai dit que j'avais eu une urgence au travail et que je ne me sentais pas très bien mais elle a senti au téléphone que quelque chose clochait, vu la manière dont elle a insisté.

Quand je reviens dans mon salon, Sam est toujours assis sur mon canapé, son verre d'eau à la main. Son regard est toujours dans le vide et sa mâchoire aussi crispée.

— Je te ressers ?

Je m'approche doucement et il secoue la tête en posant son verre vide sur la table basse. Je reste debout à attendre. Je ne sais pas quoi mais j'attends une réaction. Je m'en veux tellement de ce qu'il s'est passé. Il lève enfin son regard sur moi. J'ai mis un peu de fond de teint pour effacer les marques sur mon visage.

— Tu… tu veux bien rester ? demandé-je.

— Tu cuisines ?

Il se force à sourire et mes poumons respirent de nouveau.

\*\*\*

Sam n'a pas beaucoup d'appétit, ce qui est assez rare chez lui. Ou alors ce que j'ai préparé n'est vraiment pas bon.

— C'est très bon Emy, tu t'améliores…

Je lui rends son sourire qui me fait fondre. Comment je vais faire pour vivre sans cet homme ? Je pose ma main sur la sienne.

— Je suis désolée Sam, pour ce qu'il s'est passé…

— Ce n'est pas ta faute, répond-il en retirant sa main pour continuer à manger. Pour une fois…

Son sourire montre qu'il plaisante. C'est vrai que là, je n'ai rien fait pour rendre Pablo en colère ou quoi que ce soit. J'ai juste voulu le fuir. Je tressaille en revoyant la scène.

— Tu rends fous tous les hommes, déclare-t-il.

Je pouffe en secouant la tête.

— Tu sais quand je l'ai quitté, commencé-je. Je l'ai pris pour un fou quand il me harcelait pour que je revienne. Il disait ne pas pouvoir vivre sans moi et je ne comprenais pas que l'on puisse se mettre dans un tel état pour quelqu'un.

Je ricane comme pour me moquer de moi-même. Samy me regarde tristement. Il a compris où je voulais en venir.

— Une punition de Dieu peut-être ? dis-je en baissant les yeux vers mon assiette pleine.

— Ne dis pas ça.

Je le regarde avec insistance. Son joli nez est un peu gonflé et ses traits sont encore bien marqués par la colère. Sa peau très mate fait ressortir son regard devenu noir.

— Tu ne m'as jamais parlé arabe.

Il hausse un sourcil.

— Excuse-moi, continué-je. Ça fait longtemps que je pensais à te demander mais je viens d'y penser.

— Tu viens de penser à ça maintenant ? Après tout ce qu'il s'est passé ce soir, tu me demandes de te parler en arabe ?

— Oui, réponds-je en haussant les épaules. Avec toi j'oublie tout.

— Tant mieux car moi je n'arrive pas à oublier.

Il serre les dents et je peux voir les muscles de sa mâchoire se contracter. Il joint ses deux mains sur la table avant de poser son menton dessus.

— *Aatini yeddik.*

Son parfait accent me laisse sans voix. Je n'aurais pas cru qu'il parlait aussi bien. Enfin, je n'ai rien compris à ce qu'il vient de dire mais c'était tout de même très beau.

*Moi, trouver la langue arabe agréable ? J'ai atteint le summum du comble !*

— Qu'est-ce que ça veut dire ?

— Donne-moi ta main.

Je souris largement et je pose ma main sur la sienne ouverte.

— Continue.

Il sourit également et cette fois, il ne se force pas. Ça a l'air de lui plaire que je m'intéresse autant à sa langue et ça a carrément détendu l'atmosphère.

— Tu connais quelques trucs ? demande-t-il.

Il rigole quand je prononce horriblement le mot « *Chokran* » qui veut dire « merci ».

— Je sais également dire *Nhibbik.*

Son visage se referme et il retire sa paume de sous la mienne. Je lève les mains en l'air histoire de ne pas créer d'embrouilles.

— Hé j'ai juste dit ce que je savais dire, rien d'autre.

Il continue de me regarder, l'air songeur.

— Mina nous dit souvent qu'elle nous aime, expliqué-je.

C'est bien évidemment à lui que je m'adressais et il le sait. Il se lève et me tend sa main.

— *Ija fi hodhni.*

J'attends qu'il traduise en l'interrogeant du regard. Pablo me parlait souvent italien et je dois avouer que ça me faisait de l'effet. Bon OK, l'italien est une langue sensuelle. Mais là, l'effet est multiplié par mille. Ce n'est pas la langue en elle-même qui me rend dingue mais la façon dont il la prononce.

— Ça veut dire : viens dans mes bras.

***

— Tu crois que je devrais porter plainte ?

Je sens son corps se raidir. Je sais que le sujet l'énerve mais maintenant que nous sommes détendus, allongés l'un contre l'autre, j'y repense.

— Non, il ne vaut mieux pas.

Je me relève pour lui faire face, surprise.

— Pourquoi ?

— Parce que c'est lui qui risque de porter plainte.

Je fronce les sourcils, stupéfaite. Non mais c'est une blague ?!

— Je lui ai cassé le nez Emy ! Et peut-être bien une côte mais ça, j'en suis pas sûr.

J'ouvre grand la bouche en prenant conscience de ça et sans que je ne puisse le contrôler, cette situation m'excite !

Samy m'a protégée ! Tel un héros...

— Mais... toi, ça va ? s'inquiète-t-il en me caressant la joue.

— Oui.

C'est étrange même après m'être fait agresser, je vais bien. Sam me fait oublier mes problèmes et ma tristesse. Seul lui détient ce pouvoir. La seule chose qui me fait mal c'est de repenser à notre discussion d'avant. Imaginer qu'il parte loin de moi me brise le cœur mais je chasse cette idée de ma tête. Je sais que je devrais l'affronter mais pas maintenant. Ça me rappelle notre séjour à Rome. Je repousse un maximum l'échéance mais on sait tous les deux que ça va mal finir et cette fois, il n'y aura aucun retour en arrière possible.

# Chapitre 44

Allongée au sol, le regard dans le vide, je ne jette pas un regard vers mon réveil. Je sais qu'il est bientôt l'heure.

Le ciel est gris et maussade, tout comme mon humeur.

La fatigue extrême qui m'habite est à son apogée. Je ferme les paupières puis les rouvre aussitôt. Il ne faut pas surtout pas que je me rendorme car c'est bientôt le moment. Celui de faire mes adieux à l'une des personnes qui compte le plus pour moi sur cette terre.

Je savais bien sûr que ça devait arriver. Je savais que ça allait être dur mais je crois que j'avais sous-estimé à quel point. Trop d'événements se sont produits sans que j'aie eu le temps de m'en remettre. C'est trop tôt pour moi, beaucoup trop tôt. Et cette étape n'est que le commencement de celles qui vont suivre. Une après l'autre, elles vont me consumer jusqu'à ce que mon âme s'éteigne.

Au lieu de continuer à me torturer l'esprit, je décide enfin de me lever et me prépare en sentant mon cœur se serrer dès que je repense à ce qu'il va se passer aujourd'hui. Néanmoins, je fais mon maximum pour contenir mes émotions.

Une fois sur place, je n'y arrive plus. Toutes les larmes que je contenais jusqu'à présent éclatent sans que je ne puisse contrôler quoi que ce soit.

Mina est déjà près du taxi devant chez elle avec son fils dans les bras. Elle le dépose dans ceux de son mari, déjà chargé de deux grosses valises, pour se précipiter vers moi.

— Ça va aller Emy, ne pleure pas. S'il te plaît.

— C'est plus dur que ce que j'avais imaginé, sangloté-je.

— Oui pour moi aussi.

Elle se détache de moi pour me regarder dans les yeux.

— Merci d'être venue, tu n'étais pas obligée…

On a passé la soirée de la veille ensemble pour se dire au revoir mais je ne me voyais pas ne pas venir.

— On s'écrira tous les jours ! essaie-t-elle de me rassurer alors que je vois très bien qu'elle souffre encore plus que moi.

Ce n'est pas que le fait qu'elle parte loin de nous, c'est aussi le fait qu'elle parte avec lui. C'est son mari je sais, mais je n'arrive toujours pas à lui faire confiance. Je ne parle pas que du fait qu'il lui fasse du mal physiquement mais j'ai peur qu'elle soit malheureuse. Mina a toujours été une fille pétillante et rigolote mais elle a beaucoup changé depuis que… depuis lui.

— Ah les filles ! Excusez-moi, il y avait un monde fou sur la route !

Fanny nous embrasse avec une joie de vivre qui n'est pas habituelle. Non, aujourd'hui, elle se force. Elles savent toutes les deux que c'est dur en ce moment pour moi avec tout ce qu'il s'est passé dans ma vie et puis le départ imminent de Samy… Elles veulent me préserver comme elles l'ont toujours fait. Et c'est pour cette raison que je n'arrive pas à imaginer ma vie sans elles près de moi.

Fanny me caresse le bras.

— On s'écrira tous les jours !

Ça se voit à peine qu'elles ont préparé le terrain avant et ça me fait sourire.

Mehdi appelle Mina et elle se pince les lèvres avant d'ouvrir grand les bras pour nous accueillir toutes les deux.

— Pour toujours les filles, vous vous souvenez de notre pacte hein ? dit Mina la voix tremblante, sans pouvoir retenir ses larmes désormais.

Mina s'écarte et recule en marche arrière pour continuer de nous regarder, ses joues rouges et pleines de larmes. Avec Fanny, nous la regardons s'éloigner main dans la main.

— *Ahbukum* (je vous aime), dit-elle en posant sa main sur sa poitrine avant de se retourner complètement.

# Chapitre 45

Samy est tendu depuis que nous sommes partis. Sûrement le fait de lui avoir avoué que je soupçonnais mon patron, avec qui je pars trois jours en voyage, d'avoir le béguin pour moi. Il n'était pas du tout étonné.

— Je m'en doutais ! m'a-t-il répondu en ne laissant aucune expression transparaître.

Je lui suis tout de même reconnaissante d'avoir accepté de m'accompagner à l'aéroport ce matin. En y repensant, c'est lui qui l'a proposé. Enfin ça ressemblait plutôt à un ordre.

Son anxiété déteint sur moi car je stresse également de plus en plus. J'attrape mon sac de voyage pour vérifier que mes affaires sont bien là : appareil photo, mes trois objectifs, mon ordinateur portable et quelques vêtements propres. Tout y est.

— Tu as déjà vérifié au moins dix fois.

— Je sais.

Je me force à sourire. Une part de moi a envie de faire ce voyage et découvrir cette ville que je ne connais pas, mais une bien plus grande aimerait rester auprès de lui. D'une car je n'aime pas être loin de lui — habitue-toi ! me crie une petite voix intérieure — et de deux car le malaise qui s'est installé entre Léon et moi me rend malade.

Quand nous arrivons à l'aéroport, Samy sort de la voiture, non pas pour m'ouvrir la porte bien évidemment. Il se place debout devant sa voiture et quand je vois Léon au loin qui lève le bras pour montrer qu'il est là, je comprends que je n'aurai pas de baiser d'au revoir. Sam ne m'embrasse jamais en public !

— Bon et bien, merci de m'avoir...

Samy me coupe en posant sa main derrière ma nuque pour avancer mon visage vers le sien et coller doucement ses lèvres aux miennes. Son autre main se pose sur le bas de mon dos afin de coller mon corps au sien. Il n'est pas violent ou brut. Non, au contraire, il n'a jamais été aussi doux et sensuel. Sa main appuie doucement sur le bas de mon dos et sa langue caresse lentement la mienne dans une longue valse érotique.

*La vache !*

Quand il s'arrête, j'ai du mal à rouvrir les yeux et je reste plantée devant lui, le cœur qui galope dans ma poitrine. Il me regarde en souriant fièrement avant de s'essuyer la lèvre du bout de son doigt.

— Ton patron devrait te laisser tranquille...

Je jette un rapide coup d'œil vers Léon qui fait mine de regarder ailleurs mais son attitude gênée prouve qu'il a tout vu.

— Putain Sam !

Je secoue la tête en regrettant ce juron mais il n'y prête pas attention. Il se rapproche à nouveau en m'embrassant délicatement le front.

— Appelle-moi.

J'acquiesce en le regardant remonter dans sa voiture, fier d'avoir marqué son territoire.

# Chapitre 46

— Waouh c'est... magique !

Léon hoche la tête sans me regarder car toute son attention se porte également sur l'acropole d'Athènes. Nous rions ensemble quand nous remarquons que nous avons tous les deux instinctivement sorti nos appareils photo pour capturer ce somptueux plateau rocheux où se situe la cité.

Dans l'avion, nous avons décidé de prendre chacun plusieurs photos et qu'on ferait le tri ensuite. Le vol s'est assez bien passé. J'avoue que j'étais un peu gênée qu'il ait assisté à cet échange sensuel avec mon amant mais les tensions se sont ensuite vite apaisées.

Une fois assis, il m'a demandé si l'homme qui m'avait accompagnée était mon petit ami et j'ai répondu que oui. Je n'ai jamais présenté Samy de cette manière à quelqu'un mais le fait de dire à Léon qu'il s'agit d'une relation complexe lui aurait sûrement laissé croire qu'il pourrait avoir une ouverture avec moi.

Quand je lui ai demandé à mon tour s'il avait quelqu'un dans sa vie, je n'ai pas pu m'empêcher de rire quand il m'a répondu que c'était compliqué. Il n'a sûrement pas dû comprendre ma réaction mais peu importe.

J'ai envoyé un message à Samy quand nous sommes arrivés en le remerciant pour cet adieu qui avait porté ses fruits. C'est vrai, jamais nous n'aurions abordé ce sujet s'il n'avait pas vu cette scène. Bon, il n'était pas non plus obligé de m'embrasser de cette manière mais... *bordel ce que c'était bon !* J'en frissonne et des milliers papillons s'envolent dans mon ventre rien que d'y repenser.

Je replonge dans ce somptueux ensemble architectural et artistique. Cette colline rocheuse est à couper le souffle. Léon est accroupi un peu plus loin en train de faire son travail alors j'en profite pour sortir mon portable et mes écouteurs. Je veux rendre cet instant encore plus magique qu'il ne l'est déjà.

Je prends plusieurs photos avec la musique tellement à fond qu'elle me perce presque les tympans. Je frissonne et ferme les yeux quelques secondes pour profiter de cette petite brise chaude qui me caresse le visage. Quand je les rouvre, Léon est devant moi et j'enlève vite mes écouteurs pour entendre ce qu'il me dit.

— On y va ?

— Avec plaisir.

C'est à contrecœur que je range ma musique dans mon sac car je ne voudrais pas paraître insociable ou mal polie.

Quand nous terminons la visite du temple, il est l'heure de déjeuner. Nous achetons rapidement des sandwiches et allons directement au musée archéologique où je reste quelques minutes à observer le masque d'Agamemnon tout en or. Non pas que l'histoire m'ait attirée plus que ça mais sans connaître la raison, ce masque me plait.

Après avoir pris une centaine de photos dans les magnifiques rues piétonnes de la ville, j'ai accepté avec plaisir la proposition de Léon de dîner au restaurant de l'hôtel afin de nous coucher tôt.

Nous avons d'ailleurs passé un agréable moment à discuter avec enthousiasme de tout ce que nous avons fait et à trier nos photos. J'ai même l'impression que la gêne entre nous a disparu, bien que je fasse tout de même attention à tout ce que je fais ou dis en sa présence.

Après le dîner, je lui ai dit assez tôt que je montais dans ma chambre pour passer un coup de fil à « mon petit ami » et mon cœur s'est serré rien que de l'avoir appelé comme ça.

Allongée sur mon lit, je suis au bord de l'endormissement quand mon téléphone sonne enfin.

— Salut bébé.

À peine j'entends ces paroles que mon corps entier se réveille. Je m'éclaircis la gorge.

— Bonsoir.

— Tu dormais ? demande-t-il presque fâché d'entendre ma voix endormie.

— Non, non… je me reposais.

— Je n'ai pas pu t'appeler avant, j'étais avec mes parents.

— Oh, ils vont bien ?

— Hum… pas vraiment.

— Pourquoi ?

Intriguée, je me redresse pour m'asseoir contre l'appuie-tête du lit.

— Je viens de leur parler… pour Dubaï.

— Oh.

Une douleur s'infiltre dans ma poitrine et je n'ai aucune envie de parler de tout ça. Je sais qu'encore une fois je refoule la situation mais tant pis. Je pense avoir eu ma dose de contrariétés dernièrement. Samy comprend immédiatement car il passe vite à autre chose en me demandant comment s'est passée ma journée. Je lui raconte dans les moindres détails et je sens qu'il sourit au son de sa voix.

Je me rallonge dans mon lit en écoutant sa douce voix et en repensant à ce baiser d'au revoir qu'il m'a donné.

— Dis-moi, tu as déjà fait ça au téléphone ?

Un long silence s'installe et je me relève de nouveau en attendant sa réponse, une chaleur inexplicable me montant aux joues.

— Tu n'es pas sérieuse ?

— Pourquoi ? demandé-je un peu gênée.

— Non mais franchement Emy, tu crois vraiment que je suis du style à faire ça au téléphone ?

— Je ne sais pas, j'ai juste pensé…

— Vous avez de ces idées les babtous !

Il éclate de rire et je ne sais plus quoi dire tellement je suis vexée.

— Tu délires, tu as besoin de dormir, dit-il en riant plus fort.

Je suis rouge de honte mais heureusement, il ne peut pas le voir. Nous nous souhaitons une bonne nuit avant de raccrocher. Je me mets sous mes draps quand je reçois un message.

— *Ene stehchek ya habibti.*

Je ne sais absolument pas ce que ça veut dire mais il l'a fait exprès. Il n'y a même pas le wifi dans ce foutu hôtel mais je décide tout de même de taper cette phrase sur Google, quitte à payer une fortune ma facture de téléphone. Je frôle l'évanouissement et pose le téléphone sur mon cœur quand je lis la traduction : *Tu me manques ma chérie.*

# Chapitre 47

De retour en région parisienne mes amies sont les premières avec qui je partage mon séjour. Et Mina, elle, nous partage sa nouvelle vie.

— Eh bien ! On peut dire qu'il ne s'est pas foutu de toi, dis-je avec étonnement.

— Carrément pas ! Attendez, le meilleur pour la fin…

Fanny et moi nous penchons sur l'écran de l'ordinateur pour continuer la visite de l'énorme maison de Mina en Irlande. Elle est tout excitée et c'est contagieux car nous n'arrêtons pas de sautiller à chaque pièce visitée. Faut dire qu'elle a la maison dont tout le monde rêve. Après la visite des cinq chambres à l'étage, Mina nous a rappelé encore une fois qu'il y avait de la place pour tout le monde chez elle. L'énorme salon menant sur une grandiose terrasse m'a laissée sans voix.

— Regardez-moi cette cuisine ! s'exalte-t-elle.

Mina tourne sa caméra vers une immense cuisine qui doit faire la taille de mon appartement à elle seule. Elle me fait penser à ces cuisines dans les films américains.

— Waouh !

Nous nous sourions avec Fanny d'avoir hurlé en cœur.

— Bon et toi alors ? demande Mina tout essoufflée en se posant enfin sur le canapé, son menton dans la paume de sa main.

Je regarde Fanny l'air de demander si c'est bien à moi qu'elle parle. On a déjà passé mon tour quand je leur ai raconté pendant au moins une demi-heure mon voyage à Athènes. Jusqu'à ce que je comprenne le sens de sa question.

— Toujours pareil les filles ! soufflé-je en m'adossant sur le canapé de Fanny.

— Non parce qu'on a bien compris qu'il n'avait pas accepté ton trip au téléphone ! se moque Mina.

Elles rient toutes les deux et je grimace rien qu'en repensant à cette situation gênante.

— Mais il t'a dit que tu lui manquais… Alors ? Vos retrouvailles ?

Le sourire ancré sur mes lèvres depuis que je suis avec elles s'évanouit d'un coup et mon estomac se tord doucement.

— Aïe, une dispute ? demande Fanny

— Je crois que j'aurais préféré…

— Alors quoi ? demande Mina la bouche pleine de céréales.

— Alors rien justement.

Je ne sais pas moi-même quoi penser de tout ça. Je l'ai appelé de l'hôtel les deux soirs suivants pour lui raconter mes journées et il avait l'air d'apprécier. Je l'ai même rassuré, si on peut dire ça, concernant Léon avec qui il n'y avait plus la moindre ambiguïté. J'étais déçue qu'il ne propose pas de venir me chercher à l'aéroport mais encore plus quand il m'a dit être occupé ce soir-là, alors qu'il me manquait terriblement.

— Et le lendemain il m'a clairement dit qu'il était très occupé en ce moment et qu'il me contacterait quand il aurait un peu de temps. Et… ça fait trois jours qu'il ne l'a pas fait.

Un long silence s'installe et je comprends alors que ce n'est pas bon du tout.

— Vous en pensez quoi ? demandé-je tout de même.

Mina se pince les lèvres et me regarde tristement.

— Je ne sais pas ma biche.

— Je ne comprends pas, souffle Fanny. Durant cette soirée il semblait si fou de toi ! Et il te dit que tu lui manques pour t'ignorer ensuite !

— C'est bien ça. Mi-figue mi-raison.

Elles me fixent sans comprendre.

— Ça a toujours été comme ça avec Sam, dès qu'il sent que ça va trop loin entre nous, sa raison le rattrape et il fuit.

Sauf que dernièrement, on se rapprochait sans qu'il ne s'éloigne forcément et j'avais imaginé qu'on profiterait pleinement de nos derniers moments ensemble mais ce n'est sûrement pas ce qu'il veut. Ou alors il s'est rendu compte qu'il était bien mieux sans moi durant ces trois jours. Je secoue la tête tellement je n'en peux plus de me poser des questions et demande aux filles de changer de sujet.

Mina nous raconte alors les nouvelles rencontres qu'elle a faites depuis son arrivée. Elle s'est liée assez rapidement d'amitié avec ses trois voisines. Quand elle nous dit avoir passé l'après-midi à jouer aux cartes et à boire du thé chez l'une d'entre elles, nous éclatons de rire et Fanny me devance :

— Super, Bree Van de Camp !

Mina comprend tout de suite et se joint à nous apparemment ravie de sa nouvelle vie. Quand Adam se réveille enfin, nous rions encore plus en grimaçant derrière l'écran.

# Chapitre 48

L'entrain de ma mère lorsque j'arrive chez elle ne réussit pas à me gagner. Cependant, je fais l'effort de lui raconter mon séjour à Athènes. Celui-ci a été tellement beau que, au final, ça ne me dérange pas. Et puis ça me fait du bien de penser à autre chose même si ce n'est que pendant quelques minutes seulement. Ce voyage est la seule chose positive dans ma vie en ce moment.

— Et tu as bien mangé, hein ?

Je soupire d'agacement. Pourquoi faut-il que ma mère gâche toujours tout ? J'ai souvent pensé être trop dure avec elle mais honnêtement, elle me cherche clairement.

— Pas tant que ça figure-toi ! dis-je avec un faux sourire en tirant sur ma chemise pour cacher mon ventre.

Bon en y réfléchissant bien, je ne me plais pas vraiment avec ces kilos en trop. Le fait que je plaise à Samy m'aidait à m'accepter un peu plus mais je me sens tout de même moins à l'aise dans mes baskets.

— Tu sais quand ton père est parti, dit-elle en me regardant du coin de l'œil pour voir ma réaction, je me suis mise à courir.

— Toi, courir ?

— Oui, mademoiselle !

Je glousse avant de me dire qu'elle n'avait plus la tête à s'occuper de moi mais par contre, elle avait du temps pour faire du sport.

— Ce n'était pas que pour le physique tu sais ! Bon, bien que je doive l'avouer, c'est quand même un sacré point positif à ce niveau-là...

Elle sourit en montrant fièrement son corps de rêve et je ne peux m'empêcher de rire même si elle me désespère. C'est vrai qu'on dit toujours de maman qu'elle a un corps magnifique, surtout pour une femme de cinquante ans.

— Non c'était surtout là-dedans que ça se passait.

Elle pointe sa tempe avec son doigt et son ton redevient beaucoup plus calme avec un soupçon de nostalgie.

— Ça m'aidait à m'aérer l'esprit, à m'évader. Je ne pense plus à rien quand je cours. Ça fait du bien.

Elle croise les jambes en regardant dans le vide, l'air songeur. C'est rare que maman parle de son passé et de la souffrance qu'elle a ressentie. Sûrement parce que je la coupe ou que je change de pièce quand elle commence à le faire...

— Pourquoi tu n'as jamais refait ta vie ?

Je m'étonne moi-même de la question et elle aussi vu comment elle lève brusquement ses yeux écarquillés vers moi.

— Je n'ai jamais réussi à refaire confiance à un homme. Et même si je n'aime pas l'avouer, je n'ai jamais rencontré quelqu'un qui fasse battre mon cœur autant que ton père.

Tout à coup, je me rends compte que je ressens exactement la même chose et je suis encore plus persuadée que jamais je ne ressentirai ce que j'ai pu ressentir avec Samy. Maman me fait de la peine mais je n'arrive pas à la prendre dans mes bras même si c'est sûrement ce que je devrais faire.

— Je l'ai revu, lâché-je.

Elle m'interroge de nouveau du regard.

— Papa, je… je suis retournée vers lui.

— Oh…

Elle tente maladroitement de cacher sa tristesse en hochant la tête.

— C'est bien Emy, c'est très bien.

Sa voix tremble et je sens qu'elle n'en rajoute pas pour ne pas craquer devant moi alors je reprends la parole en lui racontant tout depuis le début. Je n'avais pas imaginé que je lui parlerais de tout ça aujourd'hui mais j'en ai eu envie. Je peux voir dans ses yeux qu'elle est heureuse pour moi mais son chagrin d'amour ressurgit instantanément. Je me rappelle soudain pourquoi j'en ai tellement voulu à mon père.

Quand nous terminons de parler de lui, elle tente de changer de sujet en se forçant à sourire mais sa tristesse crève les yeux. Je la fixe quelques minutes et j'ai comme une crise de panique. *Et si je finissais comme elle, seule et triste pour le reste de mes jours ?*

# Chapitre 49

Plus tard dans la soirée, j'hésite quelques secondes avant de frapper et je tente de respirer calmement, ce qui n'est vraiment pas facile vu l'état dans lequel je suis.

En sortant de chez maman, je ne sais pas pour quelle raison une boule d'angoisse m'a envahie et j'ai décidé de débarquer chez lui. Sûrement parce que sa souffrance a réussi à me traverser. Reparler du passé avec ma mère m'a complètement chamboulée et seule une personne a le secret pour m'apaiser.

Je me sens vraiment idiote et je pense à Mina et Fanny qui me tueraient si elles me voyaient de nouveau à ses pieds.

J'étais pourtant moi-même persuadée de ne pas revenir vers lui une fois de plus. Si Samy a décidé de ne plus me voir, c'est qu'il n'en a plus envie. Mon cœur s'emballe dans ma cage thoracique. Mais encore une fois, comme une lâche que je suis, je n'y arrive pas. Je me rends bien compte à quel point je suis pathétique mais impossible de faire autrement.

Après tout il a raison, la seule chose qui fera me maintenir loin de lui, c'est qu'il parte. J'essuie une petite larme qui commence à couler et frappe fermement à sa porte.

Quand il l'ouvre, son large sourire s'efface et je comprends immédiatement qu'il n'est pas seul vu le vacarme qu'il y a à l'intérieur. On peut entendre plusieurs voix mais moi je n'entends que la voix féminine qui m'abat sur place. Je tente tant bien que mal de ne pas m'imaginer que s'il ne me donne plus de nouvelle c'est à cause d'une femme mais cette pensée a déjà totalement envahi mon esprit. Sam sort me rejoindre rapidement en tâchant bien de refermer sa porte afin que personne ne me voie.

— Emilie, tu es complètement folle ou quoi ?

Il chuchote pour que ses amis ne l'entendent pas mais son ton est tellement dur qu'on dirait qu'il crie. *Non mais quelle idiote !*

*À quoi pensais-tu, franchement ? Qu'il t'attendait patiemment sur son canapé, seul à se morfondre ?*

Je reste silencieuse car je sais que si je parle, mon corps va me trahir et je vais me mettre à pleurer.

— Qu'est-ce que tu fais là ?

Je sursaute à ces dures paroles et mes larmes se pointent à mon grand désespoir.

— Pourquoi tu me fais ça ? demandé-je.

Il inspire profondément et pose ses mains derrière sa nuque.

— J'avais besoin de réfléchir. Je t'ai dit que je te rappellerai.

— Mais ça fait quatre jours Sam !

Je hurle et je m'attends à ce qu'il me dise de parler moins fort mais il ne le fait pas. Il me fixe sans savoir quoi dire.

— Tu devrais rentrer chez toi maintenant, finit-il par lâcher. Je t'appellerai.

Je secoue la tête en reculant doucement.

— Non pas besoin. J'ai compris cette fois.

Lui tournant le dos, je m'enfuis loin de ce cauchemar. Ce n'est qu'une fois dehors que j'explose en sanglot. Je me déteste d'avoir une fois de plus été humiliée de la sorte mais ce qui me fait le plus mal c'est de me dire qu'il est vite passé à autre chose sans prendre la peine de m'en parler.

J'arrive presque à ma voiture lorsque des pas retentissent derrière moi. Je sursaute et hurle de peur.

— He Emy, calme-toi… c'est moi.

Il m'attrape pour me serrer dans ses bras et même si je devrais le repousser et hurler de me laisser tranquille, je n'y arrive pas. Je pose ma tête sur son torse et le laisse me serrer. C'est si rare qu'il me prenne dans ses bras. De sa propre initiative je veux dire. Il se détache doucement pour voir mon visage.

— Ce n'est pas ce que tu crois. Je t'expliquerai, d'accord ?

— Expliquer quoi ? hoqueté-je.

— Pas maintenant.

Il lève la tête vers l'immeuble de son appartement et quand je suis son regard et que j'y aperçois une jeune femme à la fenêtre je ne sais plus quoi faire. Je plisse les yeux afin de mieux la voir mais une autre femme, plus âgée et voilée, arrive derrière, ce qui me fait vivement détourner le visage de gêne. Sam était avec sa famille.

Complètement paniquée et morte de honte, je m'éloigne de lui mais il me surprend en me rattrapant par le bras pour se coller une nouvelle fois à moi. Des milliers de questions envahissent mon esprit mais impossible de m'y attarder plus. J'enfouis mon visage dans son cou et je renifle son odeur.

— Je t'appelle bientôt, je te le promets.

Il se libère de mon étreinte pour faire marche arrière mais je le rappelle.

— Samy !

Il s'arrête et se retourne les yeux rivés sur le sol. J'hésite une seconde mais je sais que ça sent la fin entre nous et il doit savoir.

— Je t'aimerai toute ma vie. Jamais je n'aimerai quelqu'un autant que toi.

Il lève les yeux vers moi en se raclant la gorge. Je sais que je ne dois plus rien attendre de cet homme mais comme on dit, l'espoir fait vivre, alors j'attends. Je le fixe durant plusieurs secondes, le regard suppliant et plein de larmes.

— Bonne nuit Emilie.

# Chapitre 50

C'est au rythme de chaque musique que je me laisse transporter dans cette course démesurée. Je n'aurais jamais cru être capable de courir autant de temps sans m'arrêter. Ça a été dur, vraiment très dur la première fois que j'ai commencé il y a à peine une semaine mais il m'a fallu seulement cinq séances pour devenir l'une de ces joggeuses que rien n'arrête et que j'admirais tant pour leur courage.

Voilà maintenant quatre jours que j'arrive à courir plus d'une heure d'affilée en ressentant les mêmes sensations que quand je fais de la photo.

Je ne remercierai jamais assez ma mère de m'avoir donné cette idée et de connaître cette nouvelle façon de m'évader. Au départ, c'était vraiment pour essayer de me raffermir et de me bouger un peu. Et aussi parce que je devenais folle chez moi sans nouvelles de lui.

J'ai donc commencé à courir doucement en me rendant compte que j'avais couru seulement vingt minutes quand j'ai dû m'arrêter, totalement essoufflée. Puis j'ai fini par m'apercevoir que tout était dans la tête. J'ai boosté ma force d'esprit afin d'en faire plus malgré mon petit souffle mal habitué qui m'empêchait clairement de respirer. Mais j'ai lutté et encore lutté. D'une car je voulais y parvenir mais également car je ressentais déjà les bienfaits. Rien, ni même lui, ne pénètre mon cerveau durant cet instant. Je suis seule avec moi-même et cette musique qui me transporte presque dans un autre monde.

Je m'arrête pour lancer *Magic* de Cold Play lorsque j'arrive au parc des Tuileries afin de profiter pleinement de l'endroit. Ici, bien que je doive courir entre les touristes, je peux admirer la pyramide du Louvre et la Concorde qui entourent ce jardin.

Quand je rentre chez moi après presque deux heures dehors, je finis la soirée un long moment sous la douche brûlante en tentant de calmer ce que je fais subir à mon corps ces derniers temps. Car certes j'aère mon esprit perturbé mais les accélérations cardiaques et les courbatures quotidiennes sont bien présentes, elles aussi.

J'ai juste à grignoter un truc, lire quelques passages de mon livre de chevet afin d'apaiser cette douleur qui revient systématiquement une fois toute activité terminée et hop, je m'endors.

La journée est enfin terminée.

# Chapitre 51

*Tu es chez toi ? Il faut qu'on parle.*

Ce message ne quitte pas mon esprit depuis que je l'ai ouvert. Malgré cette boule d'angoisse dans mon estomac, je continue tout de même de me préparer pour passer la soirée avec les filles. Cela fait quatre semaines qu'on ne s'est pas retrouvées toutes les trois et je compte bien en profiter au maximum. Mina ne reste que le week-end, qu'elle passe chez sa famille. Nous n'avons que ce soir pour nous.

*Il faut qu'on parle.* Tout ça n'annonce jamais rien de bon. La fameuse phrase pour rompre ou pour annoncer une grossesse. Dans mon cas, facile de savoir ce qui m'attend. Surtout après cette humiliation devant chez lui et cette nouvelle semaine de silence.

Je lui ai répondu que je ne pouvais pas ce soir. C'est bien la première fois que je refuse de le voir, sans regret. Surtout qu'il me manque énormément. Je commence à me sécher les cheveux quand je reçois un autre texto.

*Je n'en ai pas pour longtemps, s'il te plaît.*

Il me supplie et ça ne lui ressemble pas. Je sens à trois kilomètres ce qu'il va se produire. Il a accepté ce poste à Dubaï et je ne le reverrai probablement plus jamais. Il y trouvera la femme de sa vie et je ne serai plus qu'un simple souvenir.

Je me demande juste pourquoi il n'a pas souhaité profiter des derniers jours avec moi, comme c'était convenu…

Je secoue la tête et lui réponds de passer maintenant. Je sais que ça va être dur mais je ne peux pas lui dire non. En fait ça tombe bien, j'aurai mes amies pour me consoler ce soir au lieu de finir la soirée sous la couette à m'apitoyer sur mon sort.

Quand j'ouvre la porte, je reconnais ce regard. Sauf que cette fois, ce n'est pas comme d'habitude. Il entre d'un pas déterminé jusqu'à mon salon sans prendre la peine de retirer sa veste.

— Que me vaut cette visite ?

C'est la seule chose que je trouve à lui dire. *Vite qu'on en finisse. Vas-y Sam, dis ce que tu as à dire. Quitte-moi une bonne fois pour toutes. Je sais que ça va être dur mais je ne dois surtout pas craquer.*

— Tu as fait le ramadan ? me surprend-il.

— Pardon ?

— J'ai besoin de savoir Emilie, tu l'as fait oui ou non ?

— Oui, murmuré-je en baissant les yeux au sol.

On dirait que j'ai honte alors qu'au contraire, je suis fière de l'avoir fait et je recommencerais sans hésiter. Non, c'est juste que j'appréhende sa réaction à lui.

Sam continue de me dévisager sans laisser transparaître aucune émotion. Je ne comprends pas du tout ce qu'il veut et je n'arrive pas à discerner ce qu'il en pense. Est-ce qu'il m'en veut de le lui avoir caché ? Ou bien de l'avoir fait alors que je ne suis pas musulmane ? Ou alors il cherche juste une excuse pour qu'on se fâche, ça sera plus facile pour lui de partir.

— Comment tu l'as su ? demandé-je intriguée.

— Stella me l'a dit.

J'aurais dû m'en douter. Mika a vendu la mèche ! Et Stella ne loupe jamais une occasion de se taire. C'est pour cette raison que je ne lui ai jamais rien confié quand on était amies, enfin si on peut appeler ça de l'amitié.

Après quelques minutes de silence, il se rapproche lentement de moi mais en laissant tout de même une certaine distance. Sûrement pour ne pas me donner l'occasion de lui sauter dessus. Je reste plantée là en savourant son odeur. Il m'a tellement manqué...

— Alors tu crois vraiment en Dieu ? m'interroge-t-il.

— Oui mais je pensais que tu l'avais compris...

Il secoue la tête et fronce les sourcils.

— C'est différent. Je veux dire, ce que tu as fait comme sacrifices.

— Sam, je t'en ai pas parlé avant car je ne voulais surtout pas que tu penses que...

— Emilie, me coupe-t-il. Le fait que tu ne me l'aies pas dit prouve au contraire énormément de choses.

Je le scrute en silence, afin qu'il continue dans sa pensée.

— Ta sincérité, lâche-t-il alors.

Il a l'air ému. Je n'arrive pas à discerner si ça lui fait plaisir ou si au contraire ça lui fait mal.

— On ne peut pas continuer comme ça, reprend-il. Tu le sais, hein ?

Je hoche la tête et baisse de nouveau les yeux au sol afin qu'il ne voie pas mes larmes arriver. Je déglutis douloureusement. Il m'a pourtant préparée à tout ça, il a toujours été très clair avec moi et son silence de ces derniers jours n'a fait qu'accentuer sa décision. Je dois l'accepter et le laisser continuer de vivre la vie qu'il souhaite. Malgré la souffrance qu'il m'inflige, Samy est un homme bon et il mérite d'être heureux.

— Je suis désolé pour mon silence de ces derniers jours, murmure-t-il. Mais il fallait que je prenne du recul. Je devais prendre une décision et pour ça, j'avais besoin de réfléchir, seul.

La gorge nouée, je me contente de faire oui de la tête, une fois de plus. Mon regard est toujours rivé au sol et ma poitrine se compresse de plus en plus.

— Emy, chuchote-t-il.

Il s'approche encore et pose sa main sous mon menton pour relever mon visage et me forcer à le regarder. Je frissonne quand il plonge ses yeux brillants dans les miens mais je ne bouge pas d'un poil. Même s'il ne me le dit pas, je sais qu'il pâtit autant que moi de cette situation et je dois lui faciliter la tâche.

Samy attrape ma main pour la serrer entre les siennes et j'attends. J'attends ce moment fatidique.

*C'est bon Sam, je suis prête à l'entendre.*

Je ferme les yeux et inspire profondément, comme pour me donner du courage, avant de lui faire signe de continuer. Ma poitrine me brûle et mon cœur explose quand il me dit :

— Épouse-moi Emilie.

**À suivre...**

Vous avez aimé votre lecture ?
Découvrez les autres romans des éditions So Romance
disponibles en format papier et numérique.

### L'envol du papillon

Élisa d'Albret est dévastée : ses parents l'envoient vivre une année complète chez sa tante, la comtesse de Bressac, qu'elle n'a plus vue depuis dix-sept ans. La jeune femme devra quitter la Guadeloupe pour apprendre les us et coutumes de la haute noblesse française du milieu du XIXe siècle. Alexandre de Noyal, jeune comte plus fasciné par les aventures que par les mariages, est chargé d'escorter la jeune femme du port au château de Bressac. Dès le premier regard, les jeunes gens sentent une attraction indéniable... mais qu'ils devront refréner : Alexandre est le promis de la cousine d'Élisa...

### L'Interne
#### Tome 1 : Première Année

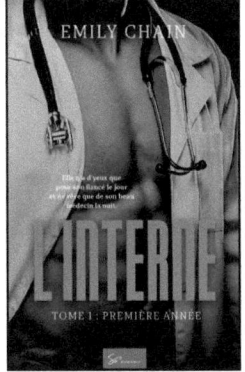

Devoir déménager pour accompagner son fiancé, jeune avocat à l'avenir prometteur ? Pas facile. Mais que dire quand, en plus, on apprend que l'on est stérile ? Le cauchemar pour Julia, qui avait déjà imaginé sa vie de famille... Elle décide donc de reprendre ses études et de se lancer à corps perdu dans son internat dans l'un des plus grands hôpitaux de Los Angeles. Le petit bémol ? Ce beau médecin, Dean, rencontré par hasard quelques jours avant, qui hante ses rêves les plus chauds... Tant que ce ne sont que des rêves, ça va... non ?

### Hate me! That's the game!
### Tome 1 : Coup de foudre

Aileen n'en revient tout simplement pas : après avoir répondu à une annonce sous l'emprise d'une bière bon marché, elle va enfin réaliser son rêve… Rencontrer Evan, chanteur de Black Devils ! En bonne fan, elle est folle amoureuse de lui. Toutefois, arrivera-t-elle à charmer le jeune homme qui, en plus d'être beau, sexy et ténébreux, s'avère être fiancé ? Bien que les chances soient minces, Aileen est prête à tout ! Son secret : une bonne dose de provocation, un soupçon de folie, le tout saupoudré de rock'n roll !

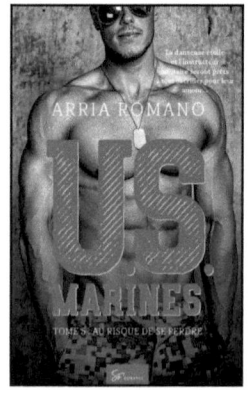

### U.S. Marines
### Tome 5 : Au risque de se perdre

Dès qu'Alexeï Lenkov aperçoit Xénia Protasova, danseuse étoile de la troupe Mariinsky, il tombe irrémédiablement sous son charme. À son plus grand bonheur, l'instructeur militaire des U.S. Marines se rend compte que cette attirance si forte est réciproque… Mais leur union est impossible. Xénia n'est autre que l'épouse de Dimitri Bondarev, un puissant homme d'affaires russes, et est surprotégé par son frère, Sergueï Protasov, ancien militaire du FSB, le service fédéral de la Fédération de Russie…

Pour en savoir plus
www.soromance.com

© Éditions So Romance, 2020 pour la présente édition

Éditions So Romance
159 avenue de la Couronne
1050, Bruxelles
www.soromance.com

D/2020/14.771/10
ISBN : 9782390451143

Maquette de couverture : Philippe Dieu
Photo : © G-Stock Studio / Shutterstock